想把我唱给你听

昔央 —— 著

贵州出版集团
贵州人民出版社

图书在版编目（CIP）数据

想把我唱给你听 / 昔央著. -- 贵阳：贵州人民出版社，2018.12
ISBN 978-7-221-14925-1

Ⅰ.①想… Ⅱ.①昔… Ⅲ.①故事－作品集－中国－当代 Ⅳ.①I247.81

中国版本图书馆CIP数据核字（2018）第263676号

想把我唱给你听
昔央 / 著

出版监制：	刘 峰 祁定江
产品经理：	宋丹丹
责任编辑：	刘旭芳
装帧设计：	末末美书
出版发行：	贵州人民出版社（贵阳市观山湖区会展东路SOHO办公区A座）
印　　刷：	北京中科印刷有限公司
版　　次：	2019年1月第1版
印　　次：	2019年1月第1次印刷
印　　张：	7
字　　数：	200千字
开　　本：	880mm×1230mm　1/32
书　　号：	ISBN 978-7-221-14925-1
定　　价：	39.80元

版权所有，盗版必究。
本书如有印装问题，请与出版社联系调换。

其实　我盼望的
也不过就只是那一瞬
我从没要求过　你给我
你的一生
如果能在开满了栀子花的山坡上
与你相遇　如果能
深深地爱过一次再别离
那么　再长久的一生
不也就只是　就只是
回首时
那短短的一瞬

——席慕容《盼望》

序 言

把吴钩看了,栏杆拍遍,无人会

音乐和爱情在这本书里被巧妙地结合在了一起,读昔央这本书的时候,我特意打开了手机,下载了她书中提到的歌曲,边听歌,边读她饱含深情的文字。

记不得是什么时候因为什么原因认识的昔央了,我们都不是主动的人,加了微信以后也很少聊天,印象里,她是一个很文艺的女生,这本书里的主人公也大都是文艺的年轻人。

人在年轻的时候,最擅长的事情就是搞砸爱情,等到有一天终于学会了如何经营,那个值得爱的人通常已经不在身边了。这是成长的悲剧,又是人生的真相,昔央在这本书里,还原了爱情本来的面目。

写爱情小说是需要天赋的,尤其是写大量的爱情小说。你要有足够敏锐的感知力,精确地捕捉到人与人之间情感碰撞后产生的光芒,又得不动声色地讲下去,在感动读者之前,自己不能先哭了。

我是以写爱情小说成名的,但我好久没有写爱情小说了,不仅仅是写,如果不是昔央发来她的书,我连读都很少读了。怕写了读了,又会触碰到少年时的心事,毕竟每个人心里,都有一个无法言说的名字。

甚至连过去常听的老情歌，也很少听很怕听了，听到就很容易慌神，往事一幕幕涌上心头，想得越多就越悲伤。一年年过去，苍老逼近，失去的总是比收获的多。

不过人生在世，有时候还是要听听老歌，想想往事，看看情真意切的故事，不然真的会变成行尸走肉，变成机器人，变成不会感动、冰冷麻木、圆滑虚伪的傻大人。

长大成熟在人生中不完全是好事，但是在创作上却是绝对的好事，看完这本书后我想要恭喜昔央，在文学之路上，她已经长大进步了。如果你正年轻，且相信爱情，一定会喜欢这本书。

读这本书的时候，我想起辛弃疾的一句词，就做了序言的名字，那句词是——把吴钩看了，栏杆拍遍，无人会、登临意。

词中寂寥无人理解、渴望被理解、想要倾诉的感觉，和书中表达的情愫有异曲同工之妙。古往今来，所有有才华的人都是渴望被人认同的。不管是认可作品，还是认可作者，对于持续的创作来说，都很重要。相信这本书的上市，会让昔央收获大量的知音，在以后的日子里，能够更加畅快地创作。

在读完这本书以后，我已经迫不及待地想看昔央的下一本书了，我想你读完后，应该也会有同样的感觉，让我们一起期待吧。

是为序。

马叛@天涯蝴蝶浪子

（文学创作者，已出版《我不愿平平淡淡将就》《陪伴是最长情的告白》等书近三十部。）

目

第一部分　纯真年代

爱之初体验 / 002　我终于失去了你 / 012
原来你也在这里 / 024　第六十四封来信 / 032
那时花开 / 046

第二部分　长大成人

少年时代心目中的英雄 / 062　每个人只能陪你走一段路 / 070
触不到的光 / 081　我记得我爱过 / 089
失恋 1095 天 / 099

录 /

第三部分　且行且歌

双标爱情 / 110　　为你千千万万遍 / 119
晚安，少年 / 134　　再见，旧情人 / 143
你只是经过 / 154

第四部分　千帆过尽

藏在手机里的男朋友 / 162
虎口脱险 / 174　　北京，北京 / 184
母亲 / 202　　我来听他的演唱会 / 208

后记

不疾不徐，总有人来与你相依为命 / 213

第 一 部 分

纯 真 年 代

P001—060

没什么了不起的平凡的我，
整个青春，
做过最好的事就是，
纯粹地、奋不顾身地爱你。

爱之初体验

爱上一个人,就像翻过一座富士山,要历经千难万险。我们都是第一次过自己的人生,难免会笨拙生疏,难免会觉得抱歉,所以偶尔有点小失误也是可以的。

1

每当别人问我陆滴是一个什么样的人,我思考很久都给不出答案。因为她实在太多面,太难概括。今天她可以是可爱的善良的,明天她变得刁钻古怪无理取闹,后天我要是加班累了,她猫着腰钻进厨房里,化身洗手作羹汤的贤妻良母。当然了,做完不忘昭告天下,她有多 nice。嗯,可以,这很陆滴。

一天周末在家闲来无事,陆滴一本正经:"宋昊,你读书那么多,我们来对诗吧,可以引用。"我:"好,你先来。"
陆滴装腔作势地捧起一本冯唐的《三十六大》,深情并茂地大声朗读起来:"春水初生,春林初盛,春风十里,不如你。"我随手从书架上拿过一本《万物生长》:"我们相爱,就是为民除害。"
结果可想而知,陆滴气急败坏地丢下书追着我满屋子打,整个房间都是我鬼畜的笑声。

新婚旅行时我们一块儿去韩国，中间一点小事不如意她就闹离家出走，结果不会说韩语，碰见一个魁梧的壮汉来问路，她以为自己遇到了坏人，被吓得不轻。

当时偷偷躲在一旁的我觉得好笑但又无可奈何。这恐怕是陆漓第2864次一吵架就离家出走了。这可是在韩国，是时候让她长点教训，所以我决定先暗中观察一下。结果我一抬头，陆漓哭了。我赶紧快步走过去，和对方攀谈几句，对方礼貌地走了。

"你怎么不揍他？"陆漓嘴巴撅得老高，"你怎么才来？"

我挽着她的胳膊，她生气地甩开。我看着她微微隆起的小腹，既好气又好笑。如果陆漓生的是女儿，那我这辈子算是栽在这母女俩手里了，闭着眼睛我都能想象，未来我女儿的刁钻任性程度，绝对不会亚于陆漓。

我拿出包里的笔记本和笔，这下好了，《宋昊和陆漓的吵架日记》上又可以添上浓墨重彩的一笔：××××年×月×日，陆漓因为我不给她买炸鸡吃而离家出走，她遇到坏人，最后以我第2865次认错告终。（PS：孕妇不应该吃太过油腻的东西）

2

我19岁的时候认识陆漓，那会儿我还在上大学，因为喜欢摇滚，在演出现场当摄影师。那年7月10日,陈粒在合肥的巡演票一秒售罄,陆漓高价买了黄牛票来看,但是在最后一排,没能拍到她当时很喜欢的一首歌的视频。

她在每个群里赶场子似的问:"谁有《走马》的视频?"好死不死每个群里都有我,在她问了第五遍以后,我终于看不下去了,私信发给了她。
我不是爱主动和姑娘搭讪的人,所以视频传完以后我们再无交集。直到10月3日,合肥市迎来了玩石音乐节,陆漓又跑去看陈粒了,演出还没开始,她坐在防潮垫上百无聊赖摆弄鞋带,我扛着相机穿着白衬衫站在她前面。

后来陆漓打死不承认,她就是被我帅气逼人的外表所吸引的。也就是从那天开始,我们相互熟知,经常一起看演出,像所有必经的爱情故事那样,了解,相爱,吵架,和好,再吵架,然后结婚。

3

前期我们培养感情的方式特别简单粗暴:吃饭、上床、看演出。
相爱期间我们一起看过无数次现场演出。在一周年的时侯,相约第三次去看陈粒。在李志唱《和你在一起》时,我们在舞台中央正下方的草地上肆无忌惮地拥吻。我们也曾在雷子《无法长大》的巡演场地前一起合照。
遇到意见不统一的时侯,陆漓独自一人跑到众乐纪舞台看冯佳界和陈鸿宇,感动得痛哭流涕,我站在动舞台下看云游乐队和台下妖魔鬼怪一起蹦夜迪。最后再满心欢喜地在李志的舞台下集合,一起哼唱"我想和你在一起,直到我不爱你……"

陆滴的磨人程度应该无人能及。自从和她恋爱，我从一个做事干练的摄影师化身为感情细腻的大男人。在烧菜的时候为了不让她闻油烟味，我调侃她："你今天这么美，不去自拍两张吗？"

陆滴骨折需要动手术。住院的时候，我把家里的衣柜和鞋柜打包塞进行李箱拉到了医院。陪床，洗澡，剪指甲，一下子学会了好多新技能。暑假回去给我妈剪指甲，把我妈惊讶到不行。

很多时候我都在想，是不是我把她惯坏了，才让她有时候显得刁蛮任性，蛮不讲理，甚至还有点儿小气独裁。半夜想吃火鸡面，睡觉的时候打滚，一有什么不如意就撒泼耍赖。可仔细想了想，除了惯着陆滴，我似乎也没有什么其他法子了。

为什么这么喜欢陆滴呢。因为和她恋爱，让我感到我们和另外一个人相爱，是为了更好地做自己。陆滴和别的姑娘最不同的一点就是，喜欢做自己。

假如今天要出去约会，别的姑娘可能会让自己的男朋友在楼下等两个小时，再迈着小碎步下来，吃饭的时候小口咽，假装没有食欲。
对陆滴来说，这些都太累赘了，她一定要怎么舒服怎么来。天气热就随意抹个防晒，饿了就说要吃。在我拉屎的时候她可以冲进卫生间刷牙，刷完牙顺便帮我把马桶一起冲了。

躺在床上的时候，翘起屁股大声向我宣布："宋昊，我要放屁啦！"然后抓住我的手十指紧扣，还不给我挣脱的机会，一股热气喷洒在我指缝间，看我欲哭无泪的表情，陆漓开心得在床上直打滚。

都说情侣之间存在安全距离，可这玩意儿在我和陆漓这里就是个屁。不仅没用，还会影响我俩秀恩爱。

陆漓呢，似乎从一个害羞、胆小的人，变成了一个敞亮、大胆的人。她可以在我的鼓舞下，扎个丸子头在痛仰乐队的演出现场到处跑，还可以在雪天把冰冷的手塞进我衣领里，在吃饭的时候把臭脚摆到我面前。

我问陆漓："你这样做就不怕失去我吗？"陆漓理所当然地答复我："你不就喜欢我这样吗？"我被噎得说不出话。

或许这一切都不该是一个可爱的姑娘如此肆无忌惮做出来的，但却是一个人在爱的人面前最自然的样子。我在客厅修片干活的时候，她躺在床上看韩剧。她去公司的时候，我可能还在赖床。等她中午回来，我们会一起去买菜。

可是两个人都很年轻呀。除了爱，什么都不会。加之两个人都有自己的脾气，即便是牙齿，也会有咬到舌头的时候。吵起架来我们两个人都恨不得咬死对方，也放狠话，离开，再回来，再离开。

有一次我们为了鞋架应该放在门后面还是床头吵架，陆漓一气之下又离家出走了。为了气她，我晒了一个购物清单，并附上以下字句："每次和陆漓吵架的时候,我都决定以后对自己好一点,然后淘宝买了四件衣服。"朋友圈发出去不到十分钟,我听到有人敲门,打开一看,陆漓眼泪汪汪地站在家门口,把我吓坏了。陆漓开始自说自话:"宋昊,我以后再也不跟你吵架了。"我耐心地问她:"为什么呢?"陆漓激动得直抽抽,一边把鼻涕往我胸口的衣服上蹭一边说:"因为吵架太浪费钱了,我心疼,128块都够我撸顿串的了。"我顿时觉得有什么东西沿着血管朝我脑门蹭蹭往上冒。

后来我才知道,陆漓是心疼我。她想到我每个月都花一两千块给她买好看的裙子,我和她吵个架买四件衣服才花一百多,她觉得心里很过意不去,可她又管不住自己脾气,所以她很内疚,不忍心再和我吵架,于是跑了回来。

4

两年就在小打小闹和恩恩爱爱中过去了。那一年,我21岁了,陆漓23岁。钱财欠奉,青春迷茫,甚至有些一事无成。但一想到彼此,嘴角笑容又荡漾开来。

那年我们决定去旅行。去看看青海湖,去海子口中的德令哈。7月23日到8月3日,我们共同经历了13天上万公里的毕业旅行。我还给陆漓准备了许多零食,一坐上车,我们便开始无所畏惧地吃吃吃。
出门的时候我就像陆漓的超级奶爸,怕她丢了,怕她饿着,怕她渴着,需要什么都能从我包里找到,吃完饭递水,喝完水递纸。所以陆漓跟我闹脾气的时候,脾气来得快,去得也快。

想把我唱给你听

1988 年 6 月，海子坐火车去西藏时，路过德令哈，在他的作品《日记》中写道："姐姐，今夜我在德令哈，夜色笼罩。姐姐，我今夜只有戈壁。草原尽头我两手空空，悲痛时握不住一颗泪滴。"我对海子和德令哈的情感尤为特殊。在火车上我给陆漓读诗，她居然——睡着了。

火车悄然驶向广袤的青藏高原，在陆漓的鼾声中，我们于凌晨四点抵达了德令哈。很快高原反应开始折磨我。为了在这个意义特殊的地方给她留下纪念，我强忍着头疼跑上跑下寻找好的拍摄角度。
陆漓的镜头感并不太好，加上我一心想要拍照纪念，语气难免过于急躁。她的脾气立刻像小火苗似的往上窜，连说好几个"不拍了"开始撅嘴拍屁股走人。

都说旅行就像试婚，可以看出两个人之间的很多问题，甚至包括适不适合结婚。光就饮食问题，我们都能大吵偶尔，小吵不断。陆漓是一个有些挑食的人，我倒是什么都吃。当地的酥油茶酸奶羊肉陆漓是一口都不想碰，就连晚饭时我点了几串羊肉，陆漓也不是很适应。
不过，肉对陆漓的诱惑力还是很大的，陆漓终究还是招架不住饥肠辘辘的诱惑，尝了几口就根本停不下来了。明明陆漓吃饭我开心都来不及，但嘴上还是忍不住怼她："你不是从来都不吃羊肉的吗？"
这小小的嘴贱，加上白天拍照协调得不愉快，陆漓积攒的怒气一起爆发，我也有些置气了，觉得自己没错，赌气不想哄她。

早上第一轮日出浮出云层，我叫醒还在睡梦中的陆漓。五点多的青海湖空气清新,沿着湖边缓缓漫步,太阳一点点褪去神秘的面纱。陆漓还处于生气阶段,一直爱搭不理。

回去途中换到她高原反应了,这下我心疼坏了,置气的心瞬间消失全无,跑上跑下又是买药又是喂饭。

那一天,她在便签里写道:"爱上一个人就像翻过一座富士山,要历经千难万险。我们都是第一次过自己的人生,难免会笨拙生疏,难免会觉得抱歉,所以偶尔有点小失误也是可以的。"

5

回来以后我们准备结婚。因为,我只能和她一起生活,她也这么觉得。哪怕我们还是经常拌嘴。

每次吃饭的时候,陆漓都想让我离她远一点,因为我总是偷偷亲她,打扰她吃饭。这样的我一定让陆漓觉得烦人极了,但我还是会贱兮兮地凑上去。

饭后我们一起去散步,陆漓喜欢狗,老吵着要买一只,我嫌脏,其实这不是最关键的。最关键的是我不想跟一只狗争宠。

陆漓清晨被楼下的装修声吵醒,在床上滚来滚去,她睡不着的时候,我也甭想睡。我一边恨得牙根直痒痒,一边抱着她,轻轻用手捂住她耳朵,让她继续好眠。

陆漓虽然任性,但她会在我加班的夜晚煮好一碗面条等在家里,会去我工作的地方嘘寒问暖。

我虽然嘴硬老说不想太宠爱她,但还是会在情人节的时候,看陆漓打麻将五个小时,而不觉得无聊。也可以把手机的指纹锁设成她的,还能在吵架的时候,不忘记喂食给她,更不会嫌弃她能吃,哪怕是吃相难看。

在这段亲密关系里,我们的相处模式趋向于父女,也近似于母子。认识陆漓以后,我更懂得"温柔乡"的含义。

结婚的时候,我问陆漓最想要什么?陆漓的回答很清奇:"我想让宋昊一辈子都闻我放的屁。"宾客席里大家笑作一团。

手头不算富裕,婚礼并不奢华,在一块草地上和亲人朋友一起吃自助。婚礼请柬是我自己设计的,上面有我和陆漓看过的每一个音乐人的头像和看演出的日期。婚庆司仪打趣我:"宋先生你和陆小姐一起听过这么多现场音乐,有没有哪一首歌是最能代表你们爱情的呢?"

我从司仪手中接过话筒,拿出事先准备好的吉他,清了清嗓子:"爱人啊,我只能给你一方天地,这一方天地属于你,你也不要看四周,四周差的有点多。爱人啊,给我一点时间吧。我拿下河流你就是潮汐,我拿下KTV你就是妈咪。爱人啊,这院子里的车……"

歌还没唱完,陆漓一把夺过话筒:"呸!我才不想当妈咪呢。"大家面面相觑,陆漓补充一句:"我要当你一个人的头牌小姐。"大家哄堂大笑。

王子公主、青梅竹马那样的情感模式虽然无数次被人称赞,但多少显得有些脆弱。相反,两个人冲动过了、挣扎过了、折腾完了、被骗够了,有意思没意思都能看破了,彻底变成两个大人了。互相看着已经不太干净的心门,透过它还能看到灵魂里仅剩的那么一点儿干净,还能选择再继续走下去。这比两小无猜的清纯恋爱要显得难能可贵得多。

等到那时候,再来说"细水长流"也不算迟。这是我和陆漓之间的爱情,存在的全部意义。

我终于失去了你

哪怕只是看起来很在意,这也是你爱一个人的一种态度。

苏阳把全世界最恶毒的话都说给我一个人听了,譬如:"路非你怎么还不去死啊?""路非你这个畜生!""路非我再和你说话我是你孙子!""再和你和好我就是条狗!"

说这些话的时候苏阳恶狠狠的,全然不是撒娇的派头。最后,苏阳沦为我的小狗、我的孙子,而我没有去死,也没变成畜生。但是,我终于彻底失去了她。

1

今天是和苏阳相恋的第 3650 天。我们在甜品店里正襟危坐,如同进行某种肃穆的告别仪式。她一口消灭了盘子里的榴莲千层,再一把狠狠抹去嘴角的残渣,十分平静地说了一句:"路非,我们完了。"

我不以为意,倒也不是不以为意,只是这样的戏码在这漫长的 10 年里起码上演了 800 次。

每一次我们都是莫名其妙地争吵，再顷刻和好，抱在一起互啃，如同两头骄傲的大象。

所以我这次识趣地继续保持沉默。苏阳平静地站起身来，她甚至淑女地捋了一下裙摆，然后抬头看一眼我的额头，直挺挺地走了。留下我愣头愣脑地待在原地，以为她只是中途去蹲个大号儿，十分钟以后就会趾高气昂地回来。

事实上苏阳再也没回来。

我一面抱着她随时有可能拖着行李箱站在家门口给我一个热烈的熊抱的侥幸心理，一面开始疯狂地想念她。

苏阳很爱干净，所以家里一直很整洁，窗台上永远摆放着活力四射的绿色植物，书桌上是各种我永远记不起名字的小花，整个房子芳香四溢。我在那一片狭小的天地里，写完了一个又一个无人问津的剧本。

在我失业的日子里，苏阳每天坐在书桌前写新闻稿，一个接一个，如同一个码字的机器。写完以后钻进我们家那个只容得下一个人的厨房，给我煲各种不知名的广东水果粥，忙得十分欢脱。

自从苏阳走后，就连最坚强的仙人掌，也耷拉着脑袋，了无生气。

我的广告剧本终于有人看上了，被用来放在一个三流儿童电影的末尾，13秒钟。

为了这13秒钟，我仪式感满满，穿西装打领结抓头型，还买了两张电影票。等到了电影院坐下的时候，我环顾四周，是一堆断奶和没断奶的熊孩子。他们哭声的分贝显然高过了电影音效的分贝。我几近抓狂。

好不容易等到片尾字幕结束，广告的画面弹出来，我激动得哭了。我想亲吻苏阳，像以往每次争吵过后那样，吻她个地老天荒。

我偏头看向那个空位，上面只有一个调皮的熊孩子撅着屁股对着我，他好像要尿尿了。

2

时间恶狠狠地朝前走，无论我多少次朝它示弱，希望它对我格外开恩，它就是不回头。我和苏阳已经整整 6 个月没有见过面了。

在这 6 个月里我每天醉生梦死，白天人模狗样地出去接活，晚上和一帮狐朋狗友在夜宵摊上喝得酩酊大醉回来。说好的买车，却始终零头都没攒够。

春末的南方城市总少不了断断续续的雨水，广州更是如此。我想这座城市大概和我一样，也失恋了吧。我不喜欢雨天，撑伞的人茕茕孑立，看起来像一座座漠不相关的孤岛，每个人被困在自己的小岛上，不与外界交流。

和苏阳在一起时买的伞我如今还在用，出门拿起它的时候，我曾无数次幻想，也许接下来的日子还和从前一样。早上我们分开出门，我去拍拍素材，她去上班；下午有时候我会去接她，高兴了我们就去小饭馆点几个小菜。

我想起最后一次争吵，她打翻了家里生命最长的一株植物，棕色的泥土变成碎块，摊在地板上。

"你到底怎么想的?"苏阳言辞恳切。"我想拍电影嘛,我想让你跟着我。""跟着你,那你养着我吗?"

我知道苏阳只是想试探我的心意,她根本不需要我养着她。她一个月赚得要比我多。但我无比实诚,我说:"我养不起你,你知道的。"

苏阳也不打算嘴下留情了:"那你的意思是要我为了你放弃我最喜欢的东西,一心跟着你,还要想办法养活自己咯?"我不说话。

"那你想要的会不会太多了。"苏阳沉默了很久,那天晚上我们谁也没有说话,于是有了第二天的"告别仪式"。

苏阳就像一只骄傲的孔雀,比我能干的同时,偶尔也灼伤我可怜兮兮的自尊。

我最后还是没有成为"横漂",因为苏阳要结婚了,我突然变得无比想挣钱。那个随便怎样都好不肯面对现实的路非,突然有了挣钱的欲望,突然想要有房有车。

因为我的苏阳嫁人了,在她二十五岁这一天。

听闻新郎是某私营企业的老板,肚子有些大,不仅有车有房经济富裕,而且彩礼出手阔绰,给她父母安置了新住所,把她弟弟送进了市重点。

3

我的梦想是拍电影,苏阳的梦想是跑新闻。无数个夜里,我坐在电脑前敲敲打打,她趴在沙发上涂涂画画,累了就一起坐在茶几前的地板上聊天。

我们发明了无数个消遣时间的游戏,有时候是自制的小纸牌,有时是涂鸦小比赛,还定规矩说当天赢钱的人要请对方吃宵夜。

有阵子我俩都创意枯竭，我写不了剧本，她出不了新闻稿，凌晨两三点的小吃街里总有我们勾肩搭背的身影，我一手提溜着空啤酒瓶，一手趾高气昂地揽住她的肩膀，借着微醺的酒意，开始满嘴跑火车，开始不着边际地吹牛，我说："以后我就是第二个李安。"

我还对路边醉醺醺的单身汉们嗤之以鼻，暗自在内心耻笑他们没有佳偶相伴。透过迷蒙的夜色望向苏阳，仿佛望见了天下的名山胜水，那时候觉得，这个世界上还会有谁如同我们这般登对呢。

我的确像成名前的李安，有着怀才不遇的愤懑，需要靠自己心爱的女人养着。

老实说，苏阳和我在一起这几年，过得很辛苦。因为……如果她忘记提醒我，我时常会忘记对她好。

我失业的时候经济压力落在她的肩膀上，她生理痛，需要人照顾，我嘴上说要照顾她，但不碰凉水这么基本的事情我也会忘记，最后还是她从被窝里爬起来给我做饭。

我说要带她去旅行，从春天一直到冬天，我永远在写剧本，永远没攒够钱。最后她偷偷买了机票，把我骗上了飞机。

4

苏阳的性格很极端。一面骄傲如孔雀，一面柔软如猫咪。在事业上保持着自己坚不可摧的主见和原则，在生活里，睡觉用双腿缠住我的腰，拧不开瓶盖就要把嘴撅到天上去，码字的时候缩在我怀里，慵懒得像只波斯猫。

她要的其实不算太多，比起那些又指望老公赚钱养着自己又想当个可以揣着名牌包包出去炫耀的家庭主妇强多了。

至少，苏阳有一个独立且有趣的灵魂。

我们认识13年，在一起10年。高中的时候我揪着她的辫子从校门口到家门口，再从家门口到后面的小山坡。在那里，我俩实现了人生当中第一个吻。高考的时候她就坐在我后面，后来她跑到浙江上大学去了，我留在了本省赫赫有名的暨大。四年异地恋，苏阳经常回来看我，因为她大学就能挣到钱了，而我作为家里最小的儿子，还在持续啃老。

这么些年，我和那帮哥们提起苏阳时的语气，那绝对都是骄傲地用鼻孔看他们才过瘾。每到这时，苏阳只是在我旁边呵呵傻笑，满足我的虚荣心和存在感。

毕业后我们开始同居，经常吵架。为了我喝醉了不知道打电话给她，为了袜子和内裤究竟该不该放在一起洗，为了吃完饭碗筷如何归类。

苏阳的生活品质实在比我高太多了。如果说有苏阳的地方才是家，那么没有苏阳的地方就是个猪圈，我就是一头猪，还是没有人喂食的那种。

原本两个靠笔杆子吃饭的人吵架会很有趣。可惜，我的生存技能用在生活上，杀伤力几乎为零。而苏阳，杀伤力满分。除了写剧本，我几乎不会表达，很多事憋成内伤我也憋不出一个屁来，但苏阳和我完全相反。如果要她憋，那简直是要了她的命。

所以吵架的时候，她捡最难听的话来说，流最伤心的眼泪，把每一天当成是末日来相爱。因为她说，在我身上，她始终看不到爱一个人的希望。

我是个慢性子，很多事不疾不徐觉得很无所谓。但苏阳循规蹈矩，到哪一步该把什么事提上日程，毫不含糊。吵架的时候该怎么办，和好了以后该怎么办，满满的仪式感，仿佛只有这样，她才能感受到自己是被爱着的。

比如这一次，她25岁了，她说想在25岁的时候嫁给自己最爱的人。人是不是她最爱的我不知道。我只知道，她又实现了。

5

从苏阳身上，我了解到，爱上一个姑娘就是要成为她的儿子、父亲、丈夫和情人，而爱上一个男人就是要成为他的姐姐、女儿、母亲和伴侣，就像我为她当牛做马，她给我当姐当妈。

前些日子路过中山大学，看到一个在路边卖盗版碟的哥们，于是随手拿起李宗盛的一张碟来，小哥大概觉得自己好不容易逮着了脑残粉，轻声在我耳边嘀咕："最新的巡演的票要吗？"说着从口袋一角轻轻抽出两张演唱会的票来。

不知怎的，我掏出我身上仅有的1000多块，拿走了那两张票，我没有考证真假，也不在乎，拿起来揣进兜里，头也不回地走了，大概是为了掩饰内心的无助吧。

我不爱听李宗盛，也不想明白什么叫作"年少不听李宗盛，听懂已是不惑年"。和苏阳在一块儿的时候，我耳机里只有周杰伦和张震岳。

所幸这个世界还没有让我彻底绝望，我遇到的黄牛也还算靠谱。我一个人拿着两张票去看了李宗盛，那个老男人站在台上像个讲故事的长者，一口酒一个故事，好不自在。

台下大多都是单身人士，男女都有，大家"越过山丘，才发现无人等候"的声音整齐得像是和声，还带着几分垂死挣扎的意味。

有一对小情侣在人群中显得格外扎眼。人群很拥挤，大家都热切地挥舞双手，推来搡去。那个女生肉嘟嘟的，光从体型上看就比那男的厉害不知道多少。那个男生瘦瘦的，略显弱不禁风，看起来也很年轻，他努力伸展开双手，试图挡住朝他女朋友涌过来的人潮，但是根本无济于事，所以看起来又滑稽又违和。

再看看那个胖胖的女生，一米七几的大个子，可是看着瘦子男朋友的时候，目光如水，仿佛能把人看融化掉，还泛着点点泪光。他们在人群中热切地相拥，旁若无人地亲吻。

我趁着上厕所的工夫中途赶紧开溜了，跑出来的时候我极其狼狈，可以说是连滚带爬，眼泪鼻涕交叠在一起，坐上计程车的时候我已经哭成了一条狗，不断伸手擦拭湿润的眼眶，双肩甚至有些轻微地耸动，泪眼朦胧中我看到，十八岁的苏阳穿着白色长裙站在我的校门口，那一年所有的故事还没有开始……

司机频频回头看我，又迅速看向前方的路灯，我毫不在意，在这个空当里，我几乎没脑子纠结，我还是一个男人。

从李宗盛的演唱会回来后我便开始没日没夜地失眠。有时一个人像流浪狗般在街头晃荡，有时跑出去和哥们喝酒，吐得七荤八素再爬回来，在空空荡荡的房间里给苏阳写信，播放器里那个老男人的声音传来："当所有的人离开我的时候，你劝我要耐心等候，并且陪我渡过生命中最长的寒冬，如此的宽容……"

那对情侣相拥的画面，令我脑海里浮现出苏阳吵架后总爱念叨的那一句话："哪怕只是看起来很在意，这也是你爱一个人的一种态度。"

去他妈的态度，我所有的希望，不过是可以和苏阳相亲相爱一起生活，南来北往去她想去的每一个地方，然后生一双可爱的儿女，看着他们长大，然后我们慢慢变老。

然而现在睡前臂弯空空如也，醒来枕边再无爱人。我也知道，爱情需要相濡以沫，禁不起长久的消耗。所有的这一切，最终都演变成了假大空。滑稽的不是苏阳，是我路非。

6

前些日子回老家参加朋友婚礼，新郎新娘是我们的旧相识，而今男婚女嫁，功德圆满回老家，我感慨之余，也心生向往。

在家待了一阵子，穿着拖鞋耷拉着脑袋每天在镇上闲逛，总免不了要被母后大人训斥。她总数落："如今路上的长辈们都在留意你，你就不能注意点形象？还娶不娶老婆了？"

我曾许苏阳一场婚礼，遗憾这个许诺永远不能兑现。只能请她当作我年少时的狂妄话，八十岁的时候回头想想，笑我痴傻吧。

我也学着听母后的话，去结识新的适龄女孩儿。学着正儿八经摆好玫瑰花在房间，请对方看电影。对方问我："看电影为什么不去电影院？"目光里透着寒碜和鄙夷。
对方蹬着高跟鞋啪嗒啪嗒走了，留下我落寞地坐在房间里。

我记起 2014 年的情人节，那阵子我和苏阳都接不到活，最穷的时候把三四张卡里的零头转到一张卡里才能套出现金来维持生计。
情人节的时候我不仅没钱给她买花，还忘了那是情人节。那天我从剧组回来已经是凌晨一点，情人节都已经过去一个小时了。
我回到家里的时候，桌上和沙发上摆满了仿真玫瑰。餐桌上是两碗番茄鸡蛋面，和一瓶淘宝回来价格应该不会超过 30 块的劣质红酒。

苏阳当时看看我有些狼狈的神情，轻轻伸手抱了抱我，也许是为了照顾我的面子，也许是不想面对我忘记情人节这一回事。她的语气听起来很轻松。她说，今天给婚庆公司做策划，我把他们的道具带回来了。情人节快乐，宝贝。
我还没来得及开口说话，苏阳轻轻吻住我。
30 块的红酒被我们喝出香槟的滋味，假装红酒杯里有美丽而晶莹的气泡，我和苏阳都摇晃得极其认真。
穿过透明的红酒杯，我发现苏阳的眼角眉梢多出了一些淡淡的纹路。我们坐在被仿真玫瑰包围的客厅看电影，屏幕里 Lolly 问 Lyon："Is life always this hard, or it is just when you are a kid?" Lyon 不假思索："Always like this."

话音刚落，苏阳看着那些花儿，再转头看向我，眼泪来得猝不及防，一开始是无声，后来是呜咽，紧跟着演变成了最后的号啕大哭。除了抱住她我手足无措。

直到很久以后我才明白，那些珍贵的眼泪里，除了爱情，还有对未来的百分之百的沮丧和灰心。

7

再过几天，就是我的二十六岁生日了。也许成长的另外一层含义就是：能够更加坦然和从容地接受自己的现状。

慢慢地学会像个男人，一次次给自己面前的酒杯倒满，然后对着满桌的牛鬼蛇神说："好的，我先干，您随意。"再不敢眼高手低，把头和心底的傲气，轻轻埋下。

再不会站在摊位前追问："老板，我要的烧麦怎么还没好？"

"它熟了自然就好了。"

是的，到时候自然就好了。这也许是对于我最好的开示。

我重走了很多遍以前我和你常走的老路，也偶遇过你一次。你穿的外套不再是我喜欢的那件，相信也没有了那种特别的味道；炒粉变得不好吃，桌子也不再是那个瘸腿桌。我和你的周遭物是人非。而我和你都未曾料到，结局会如此。

虽然今年的一切和过去大不相同，但有一种感觉一直觉得似曾相识。就像翘班和你去商场瞎逛，就像一起爬到山顶看月光。就像……就像，我爱你。好像一直在合计着找一句台词来和你告别，但这句合适的台词始终没有出现。

嗯，祝福你。而离开你，是我迈向"成熟"、成为一个男人的第一步。

原来你也在这里

"你怎么突然变得这么浪漫了?是哪个女人让你长大的?"
"没有人,只是好像突然一下子就开窍了。因为想把你留下来。"

我问阿明,我们究竟是被过去的彼此还是现在的彼此吸引,阿明说,不清楚。我又问,那我们现在这样算不算破镜重圆。阿明说,人的细胞平均每七年就会完整地更新一次,我们都已经是一又三分之一的两个新人了。所以,现在是两个全新的人在一起了。
我感觉,我问出的两个问题都得到了答案。

1

阿明在外地创业,我打电话给他的时候,他正在对客户发脾气。一听到我的声音,马上切换成温暖平和带着点玩笑的语气:"我们的大小姐舍得回家了?"

好几年了,我和阿明仿佛已经形成一种默契。平日里各忙各的,每逢春节,我们返乡，便一起吃饭逛街喝酒。

从前我和阿明都不喝酒，后来他进入部队，我参加工作，回来再聚首，两人齐齐举起酒杯，还不忘嘲笑对方的改变。

阿明开车回来，已经是夜里十点。我们去泡清吧。来来往往的客人低头私语，如我们这般，疑似旧人重逢。同行的还有一位发小，是他的哥们儿，我的义兄，准备结婚了。

25岁对所有小镇青年来说都像一个坎。这一年，我们周围所有的人几乎都结婚了，有的已经在抱小孩儿。我和阿明之间，也从未对彼此许过类似"到了××岁你未嫁我未娶我们就结婚"之类的承诺。

义兄一边忙不迭地回复媳妇儿的查岗，一边眉飞色舞调侃："你和阿明什么时候结婚？"我们对视一眼，笑一笑，不说话。阿明一口干掉酒杯里的酒，说想唱首歌给我听，问我要听什么。

这个发问其实毫无意义，因为阿明每年都唱那一首。从他去当兵那一年起到现在，雷打不动。

熟悉的前奏响起来，阿明的声音一如既往地低沉好听，带着一点烟酒嗓。"我是永远向着远方独行的浪子，你是茫茫人海之中我的女人。在异乡的路上每一个寒冷的夜晚，这思念它如刀让我伤痛。"

每年回来我们都一起去唱K，阿明的必备曲目还有一首《花房姑娘》。因为我常说，如果不在外面飘荡了，我的梦想是当个花房姑娘。

他站在包房中央晃悠着身体:"你要我留在这地方,你要我和他们一样,我看着你惊奇地说,哦,不能这样。"那个"你"指的不是我,是他。那个"我",才是我。

2

阿明是我的中学学长,我们认识是因为他哥们儿,也就是我的义兄。小镇很小,放学后我们一起骑自行车,松开双手滑下山坡,感受风急速呼过脸颊。那一刻,我们觉得人生好不痛快。

偶尔他们逃课去网吧,捎带把我二楼从教室顺走,然后把我丢到书店里。他们打完游戏后来接我。我们都贪玩,不想回家,放了自行车再偷偷溜出来,去爬山。

小镇唯一的山不算太高,一个小时就可以爬个来回。夜晚山上静悄悄,我哥会给我讲故事,每次我都吓得往阿明身后缩。阿明帮我一起指责我哥的过分。

我们爬到山顶,看凌晨的月亮,披漫天的星光。半夜他们驾着我翻进大院的围墙,第二天醒来再一头扎进背不完的英文单词和古文中。

这样快活的日子,持续了整个初中。突然有一天,他俩一起辍学了。小镇上的青年们,大多都没有去上高中。阿明爷爷是退伍军人,坚持要把他送进部队里。

那年的夏天出奇地热,却也出奇地短暂。谁也没想到,那一年,我和阿明恋爱了。以往我们三个总是厮混在一起,我就好似一个性别模糊的人。

怎么在一起的我现在记不清了,我只知道那段感情非常短暂。在他进入部队前几天,基本就算拉下了帷幕。在一起时,我们做过最亲密的事也只是挽着彼此的胳膊而已。

阿明当了五年兵。而接下来的五年人生,就是漫长的缺席,对彼此人生的漫长缺席。

这五年,他去过广东、山西、云南、新疆、长沙、海口,我去过上海、厦门、山东、广西、苏州,最后留在了北京。一留就是三年。

距离最近的时候,他在广东我在广西,我们竟一次也没见过。最近的两三年,我们才保持了一年一次的见面频率。在彼此回家过年的时刻。

3

从清吧出来,大家都有些微醺,义兄就此打车走开。我和阿明在街上慢悠悠地走。过马路的时候,他拎着我的帽子,想要把我带过马路。

我委屈巴巴地看着他:"拎帽子还不如牵我手。"阿明斜眼冲我笑,把左手伸过来,看我一副仿佛买到心仪之物的得逞表情。

当时我想,他一定会牵我。不会失败的要求,提出来又何妨?

他把车门打开,绅士地护住我的头。坐定后,他突然又把手伸了过来。

"为什么每年我回来,我们都会这样?"我看着我们交缠的十指,偏过头去问阿明。车内暖气很足,阿明沉默半晌说:"快十年了,我也还没想明白。"

当年事态进展匆忙,我不确定我们是否都心存芥蒂。

我试探性地发问:"那我们当初为什么会在一起?"他说:"好感和喜欢吧,其实我性子真的太寡淡了。这么多年过去,我好像真的没过过那种非谁不可的日子。"

"我刚才看到你,突然不想让你走了。往后的人生,最好一偏头就能看到你。"

车的顶灯被打开,十年来,我们接了人生当中第一个吻。属于我们彼此人生当中的,第一个吻。

这几年,我们好似都经历过狗血的故事。他遇到过怀着别人孩子、隐瞒过去,还来朝他示好的前任。我遇到过为了跟我上床,就冲我编织甜蜜爱情陷阱的渣男。

每年聚会,我们都会分享彼此这一年的遭遇。

就好像,不管在不在身边,我们已经成为了对方身体里不可割裂的一部分。会一直存在在那里,像森林里零星的火光,明明灭灭,随时会造成一场大型火灾。

火灾过后,会有荒芜与废墟,可是耐心一点,也会有来年春天的新芽。

第十个年头了,我想起阿明,还是会把他和故乡、家和稳稳的幸福联系在一起。

4

阿明拉我回家,在大年初二的晚上。他的父母、爷爷奶奶见到我都很开心。因为这已经不是我第一次去他家了。家里的长辈一直知道我们交情甚好。

但阿明那句石破天惊的话还是差点震碎他们的下巴。他的父母全程露出一副"还有这种操作"的黑人问号脸。我坐立难安。

阿明在厨房做饭切菜，他的表弟取笑他可能要娶一个不会做饭的花瓶。我说："做饭刷碗对我而言是满清十大酷刑之一。"他的直男癌表弟毫不客气地回嘴："那我哥岂不是一直要受这种酷刑？那交女朋友是用来做什么的？"
在一边刷碗的阿明突然开口了："我交女朋友是为了给她做饭的。"表弟识趣地走了。我取笑阿明最近是否选修了甜言蜜语课。毕竟从前他是个不苟言笑的人。

长辈们的疑惑经过一顿饭之后基本打消了。饭后，他奶奶递给我一块崭新的毛巾。接过来之后，我推搪说家里第二天有事，落荒而逃。
事实上第二天我的确有事，我得收拾行李，因为第三天我要回北京了。

临近傍晚的时候，我去阳台晾衣服，阿明在楼下冲我挥手。跑下去时，我还穿着家居服。
车极速飞驰在马路上，途中我一直在想，这个点居然不堵车。转念才想起，自己不在北京。
车停在街尾的一家店门前，店铺门关着，兴许是老板还在过春节。阿明手里忽然多了一把钥匙。我亦步亦趋跟着下车，他把门拉起来，大把大把各色的花束涌现在我眼前，百合、玫瑰、雏菊、薰衣草、满天星……还有一些不常见的大型盆栽。

阿明把钥匙递过来，下意识问出的问题连我自己都很震惊："你怎么突然变得这么浪漫了？是哪个女人让你长大的？"话里妒意明显。

阿明摸摸后脑勺："没有人，只是好像突然一下子就开窍了。因为想把你留下来。"

突然觉得25岁这一年好像也不赖，虽然反复被家人催婚，但我收到一家花店。

5

决定旅行结婚之后，阿明陪我回北京办各种手续。一进门，他就吐槽，说："你的家除了好看一无是处。"说完转身钻进了厨房。

阿明的手艺自是好得没话说，我把闲置在橱柜里的香槟杯和烛台拿出来。

那晚，我们频频举杯，好似久别重逢的恋人。意识朦胧中大多记不清了，第二天早上醒来只看到床单上的红渍。他睡得很沉。

那个好几年前说着"如果我当兵回家，你还在等我，我就娶你"的少年，如今变成了男人，躺在我身旁。

不知怎的，突然记起《北京爱情故事》中，疯子在自己母亲坟墓前和林夏的那番对话。

疯子说："如果有下辈子，我一定娶你做老婆，咱们有缘就下辈子见，都干干净净为对方留着，直到彼此遇见为止。"林夏回复："你给的每个希望，都是那么的令人绝望。"

反观我们，好像真的没有刻意等过彼此。我们一直在过自己的人生，在按照自己生而为人的轨迹顺其自然地发展。兜兜转转,却又回来。
然后再笑着对对方说一句:"哦,原来你也在这里。"

阿明的求婚誓词不是"Would you marry me?",而是"其实多年前,车进站的那一刻,我突然听懂了《故乡》"。

第六十四封来信

小时候，我害怕打疫苗，扎完针后 10 颗糖豆也哄不好；养的小兔子死了，我不敢去处理尸体，就偷偷躲起来抹眼泪；考试不及格，想要自己偷偷改分数，结果不小心用了不同颜色的笔。

从小到大，我都太平凡太不起眼了，没干过什么惊天动地的大事，只想躲在角落里，尽量隐蔽地活着。但有一件小事，我至今挂在嘴边并感到骄傲，那就是——我用一整个青春，纯粹地、奋不顾身地爱过你。

1

编完代码回到小区的时候已经是晚上将近十点了，洗漱完打开电视，听到敲门声。因为我独居太久，家里很少来客人，正疑惑，打开门发现是巡楼的门卫，他说今天传达室有我的信件，就顺手给我带上来了。"这种年代还有人写信呢，够浪漫的啊。"保安走之前不忘朝我这个单身"程序猿"挤眉弄眼八卦几句。

见字如见人，看到信封上的字迹我就猜到了几分，再看看信封右上角那个小小的序号"64"，我更确定了。再者，除了高清清，我身边也没谁写得出这么好看娟秀的字了。电视里正在直播《我是歌手》的双年巅峰会。老狼看起来好像永远不会老，还是我记忆深处的翩翩少年，只不过歌声里多了些故事感。他在镜头前唱"纯真的年代像流水，想要追，想要追，我们第一次流下的眼泪"。

清清在信里说她要结婚了，希望我可以抽空回家一趟，字里行间不难看出她对于中学时代的怀念和对我这个老朋友的思念之情。

其实我早就知道了，这四年我们虽然不联系，但她的每一条朋友圈、每一条动态我都没错过。我知道她上了理想的大学，找了不错的工作，有个书卷气颇浓的学长男朋友，就连对方几月几号第一次给她送花，什么时候求的婚，我都知道。

其实我早就打算在她婚礼之前给自己这段无疾而终的感情一个交代。只是我没料到，清清还会给我写信。凑齐六十四封，我的青春也算是圆满落幕了。

我从卧室拿出一个小铁皮盒子，里面是清清写给我的信，整整六十三封。虽然这几年我带着它们辗转了好几个城市，但都保存完好。我把这些信用白色信封装起来，整整齐齐地码在这个盒子里。

大概是当初的告别太过匆忙吧，这四年我一直没回过神来，就像做了一场长长的梦一样,这期间我没交过女朋友,更加没和哪怕一个年龄相当的女性有过什么亲密接触。

我不知道清清收到这些她写给我的信和我的表白情书会有什么反应,不过这些都不重要了。毕竟纯真的年代就像昨日的流水,早已经一去不复返了。

从邮局出来的时候,我松了一口气。

2

我上学的那个年代,每日经过城市街角的音像店,店门口的喇叭里终日高声播放着的,通常是"谁娶了多愁善感的你,谁安慰爱哭的你,谁把你的长发盘起,谁为你做的嫁衣",或者"你来的信写得越来越客气,关于爱情你只字不提,你说你现在有很多的朋友,却再也不为那些事忧愁"。

每当这个时候,我都会在门口驻足好一会儿,然后走进店内,用仅有的零花钱挑选一两张最爱听的磁带。
高中时候音像店几乎是唯一我爱出入的场所。那时候许巍、老狼、朴树等人撑起了乐坛的半边天,无数经典曲目在我们这帮学生中间口口相传。
那会儿我偏爱老狼。磁带上的老狼有张青涩俊俏的脸庞,他白衣飘飘唱着《同桌的你》的形象,深刻地印在了我的心头。

在那座常年闷热、潮湿、梅雨季节一旦来临就会没完没了的南方小镇,听歌的确不失为一种排解季节带来的不适感的好方式。我定期逛音像店,把老狼的磁带收集起来，在每一个装作认真学习的夜晚，伴着他的声音入眠。

认识高清清也是因为老狼。那天我们相中了同一盒磁带，幸运的是，那个磁带刚好还剩下最后两盒。清清看了看放磁带的空架子，再看看我，调皮地吐了吐舌头，然后跑着去门口结账了。她奔跑的时候头发飘起来，阵阵余香萦绕在我的鼻尖。

读书那会儿，一张磁带需要20来块，对学生党而言也算是一个小小的奢侈品了。付账的时候，清清就在我前面，我看着她掏出文具盒里叠得整整齐齐的零钱，小心翼翼地交给老板，老板数了数，说还少了两块。

我注意到清清的耳根很快泛红了，她撅着嘴巴小声嘟囔："怎么可能呢，那我再找找。"说着拿下肩膀上的书包走到一旁，把书一本本拿出来，我看到她掉落在地的校徽，上面写着"高三（2）班"的字样。

在兜里翻找半天，她也没找出多余的钱来，正当她默默地拿着磁带准备放回去的时候，我捏了捏右边校服口袋里准备拿来买零食的两块钱，拍拍她的肩膀，伸手递给了她。

她起初面露疑惑，随后瞥到我校服胸口的校徽，以及上面的"高三（1）班"，她立刻喜笑颜开，豪爽地拿过那两块钱，放在柜台上，扬了扬手中的磁带，冲我呲牙咧嘴地傻笑："谢啦。"一边走一边指着我的胸口，又比比自己的胸口，蹦蹦跳跳地跑远了。

3

我一直以为她临走前的比画是说她要去我班里找我呢，所以我那阵子下课一直在教室门口逗留，不时瞟瞟门外，看看有没有人来找我，但换来的都是失望。倒不是因为惦记那两块钱，只是想再见到她，了解到关于她的更多讯息吧。

所以当我再一次走进那家音像店，看到在门口守株待兔的清清时，还偷着乐了好久。

她把两块钱塞到我手里，还附赠了一根阿尔卑斯棒棒糖。还完钱她就蹦哒着跑出了店门。

她的掌心真热。那是我青春里的第一抹温度。

熟络了以后，我很明显地感觉到，清清好像从来都不会好好走路，一直是蹦蹦跳跳的。直到很久以后我都还在想，大概是她和我太不一样了吧，她太鲜活明亮，我太沉闷无趣，所以我才会被她吸引，并且把她放在心上记挂这么多年。

真正知道清清的名字是从我英语老师的口中。

要知道在一个普高的普通班里，大家完全感觉不到升学的压力，每天游戏照打，言情小说照追，模考的时候纸条满天飞。而每个人上学的时候又都有一个嘴巴又毒又贱让你恨到家的女魔头英语老师，她们喜欢通过夸奖别人来贬低自己的学生，从而达到激励人心的效果，要不怎么会有"别人家的××"这一说呢，我们也不例外。

每次模考后李腿毛都能把我们这些男生的祖宗八代问候好几遍。她夸的最多的就是清清,她说起清清的英语成绩的时候就像在炫耀自己的女儿一般扬扬自得。说她不仅口语流利,做我们的模考卷每次都考得比我们高。

在我们这群学渣看来,英语好简直就是个异类。所以这个名字听得多了,我们班的男生也经常会在课间窃窃私语,谈论这到底是一个什么样的女孩,长得漂不漂亮之类。渐渐的,我也被勾起了一丝丝好奇心。

直到那次在办公室偶遇,我才知道,原来高清清就是那个淘磁带没带够钱、爱做鬼脸的调皮女孩。

某次我去办公室问问题,恰逢我的班主任,也就是她的数学老师,正在和李腿毛谈论清清的数学成绩。我俩打照面的时候场面一度十分尴尬。我想,那时候她一定和我一样在心里笑出声。我们都不曾想过,经常泡在音像店的对方会是班主任面前的红人。

我虽闷骚无趣,但也不是一无是处。我的数学成绩在普通班里还算不错,而且我写得一手好字。这两点还是挺招老师喜欢的,虽然我的英语成绩差得一塌糊涂。

我的班主任是个五十多岁的小老头,虽然思想陈旧,观念落后,但他并不是一个喜欢以分数判定学生的人,他信奉天道酬勤。至少在这一点上,他要比李腿毛强出许多,因而更得人心。

最重要的是,那天他提议让我和清清互帮互助,相互学习,一起讨论功课。于是,我和清清在每周三的晚上,有了名正言顺的理由翘掉晚自习,在办公室外的一条长廊上讨论功课。

4

清清的逻辑思维和空间想象能力比我预料的还要差很多。而且看得出来，她真的很讨厌数学。有时候做题做着做着她就开小差了，并不时找我扯一些题外话。

在此之前我一直觉得女孩子话多显得聒噪，但在她身上就完全不会这样觉得。她出现以后，我平淡无奇的生活突然有了一丝波澜，像被小石子命中的湖心。

给她讲题的时候是夏天，蚊虫很多，她不时晃动小手给自己扇风，一边朝我露出八颗牙式的笑容。她的小虎牙特别可爱。我沉醉在这种笑容里，那估计是我们距离最近的时候了。时至今日，我仍记得她洗发水的香味，一种普通的飘柔的味道，贯穿了我的整个少年时代。

不出预料，一个看起来这样不同的少女出现在我了无生趣的生活里，我自然泥足深陷。可能是因为年纪小，也可能是性格的关系，我表达喜欢的方式十分蹩脚。

每周三的晚上，我都会把解题思路尽量细化，要多细就有多细，只是为了等到晚自习后，所有学生都走光了，我们再慢吞吞从五楼走到一楼的那一丁点单独相处的时间。我还给她带晚饭，偷偷把自己的糖醋排骨塞到她的饭盒里。

再后来，高考前三个月冲刺的时候，我搬到了她教室的斜对面。我刚好坐在靠窗的座位上，她坐在教室的正中间。于是我经常悄悄地朝她的教室瞟上几眼，看看她都在干些什么。她的日子并没有我想象的那么单调，更不是只有看书做题，自习的时候她偶尔也会和前后桌咬咬耳朵。有时候傍晚不回家吃饭，偷偷从课桌里掏出一本"安妮宝贝"或者"三毛"来看。

清清无论是长相还是性格，都很接地气，四颗俏皮的小虎牙，面容姣好，说得一口流利的美式英语。在校服裙摆不许短过膝盖、男生统一板寸女生统一扎马尾的高中校园里，她是为数不多的不扎头发的女孩儿。在杀马特贵族盛行的高中时代，她穿着白裙子长发飘飘、步履匆匆路过主席台的样子，成为我高中时期最靓丽的一抹色彩。

在读书时代，有些人天生就是学霸，清华北大不在话下；有些人天生是学渣，蓝翔新东方二选一就好。我读书时候处于不尴不尬的中间那一类，学没学好，玩没玩好，说得好听是闷骚，说得不好听就是死宅。

但在距离高考还有两个月左右的时间里，我也终于牛×了一把。我鼓起勇气，开始给她写信，夹在我为她精心准备的数学笔记里。然后在她放学回家的时候，状似不经意地塞进她的自行车后篮里。
至于信的内容？当然是鼓励她好好学习了，那时候为了让她回信，我还绞尽脑汁每天给她出一道数学题，然后冠冕堂皇要求她必须在第二天把答案交给我。

顺理成章地，清清也算是会给我回信了。她会把一些与学习无关的话写在数学题的答案下面。后来她开始给我出英语题，再后来我投其所好，跟她说哪里新开了书店或者音像店，不久后，我们来往的信件也有了一本高中数学书的厚度。

那时为了展现自己对于英语学习的浓厚兴趣，也为了让清清给我出更多的英语练习，给我回更多的信，我经常趁着晚自习放学后清清推着单车从单车棚出来的时候，拿着英语书本在宿舍楼的阳台上大声朗读。因为她出校门时必经的那条走道，一抬头就能看到我的宿舍阳台。

为了在她路过的那几秒空当里抓紧时间表现自己，我声情并茂声嘶力竭外加手舞足蹈，口齿不清到不知念的究竟是日文、英文还是八股文了。清清抬头看看唾沫横飞的我，再看看我头顶晾衣绳上的大裤衩，笑得直不起腰来，末了还不忘比出一个"你很棒"的手势，随后推着单车哼着歌走远了。如果说展示男孩子最笨的一面也是一个追求女孩子的方式，我想我充分验证了这个方式。

很快高考就要来了，离别在即，我的心态开始出现一些细微的变化。我跟家里说要申请走读，然后买来了一辆二手单车。
作为一个老实巴交的男孩子，而且性格还沉闷无聊，我一直都是尽量隐蔽地混迹在老师和家长之间，安分守己，更不会有什么出格的举动。
如果真要列举出一件我这辈子做过最出格的事情，那就是我那会儿每天中午都趁大家午睡的时候偷偷去扯掉清清自行车的链条。这一招屡试不爽，因为清清不会安链条。

这样我就有机会假装偶遇,然后送她回家。

其实每次在校道上见到她的时候,我都无比心虚,生怕自己的小秘密被别人发现。但是大家的注意力明显不在这个事情上,大家看到的只是我们在校道上的近距离接触。

后来磁带日益盛行,在那座小城里到处都能看到卖磁带的,音像店,百货商场,书店,菜市场入口,甚至是夜市的小摊上。为了能淘到更多好听的磁带,周五的晚上我一般会骑着自行车载她去夜市精挑细选。

清清家教严格,晚上几乎大门不出二门不迈。只有在周五的晚上她可以用和邻居出来散散步的借口出来逛逛。她比我机灵多了,在哪儿碰头用什么暗号,如何躲避父母的视线……她完全不是只会死读书的类型。

回去的时候我们要经过一座大桥,大桥有个上坡,通常是我推着自行车,她陪我慢慢走上去。风扬起她的黑发,她不时哼唱几句朴树的《那些花儿》,声音干净又空灵,微微闭上眼睛,仿佛陶醉在自己的世界里。有时候我看得都有些痴迷,她又会突然回过神来,猛地拍一下我的自行车后座,再跳上来,大呼一声:"出发啦!"我是不敢调皮地随意晃动单车好借势让她环住我的腰的,只是稳稳地骑。这一点至今想来都有些遗憾。

5

很快流言蜚语席卷而来,大家的课余生活本就枯燥,再加上校园八卦是每个人年少时最热衷的事了。比起明星的私生活,大家更感兴趣的还是周围的谁谁谁和谁谁谁是不是有暧昧关系,或者是不是要谈恋爱。

李腿毛眼观六路耳听八方，很快察觉到这一点。我那个古板的班主任老头虽然不以为意，但毕竟我在升学班，他还是不敢掉以轻心的。再者清清是他们班唯一的重点保护对象，所以，很快我就不能再给清清讲题了。

谣言自然也会传到清清耳朵里。现在想来，那是我们之间有过的唯一不愉快吧。之前的相处一直平淡无奇，更谈不上有什么炽热的感情。如果说讨厌也是一种强烈的情感，我想我还是赚到了。

那天我送她回家，她显得有些小愤怒，她说让我不要再跟着她。不善言辞的我不知道如何解释，也不懂得安慰她，只是一声不吭地继续跟在她身后，她走几步就回头瞪我几眼，我都佯装不在意，继续执着地跟紧。突然，她有些烦躁地回头，一脚把我的自行车踹倒在地，拔腿就跑。后来我们很长时间没说过话。

再后来，听说清清的妈妈把她转到了隔壁市一中的重点班就读。那所一中与我们普高只隔了一堵墙的距离，它们之间甚至有一扇铁门是相通的。但我总感觉这是我和清清之间的心门，我未曾想到，这道门是这么难以跨越。

清清离开普高以后我还给她写过很多次信，通过门缝偷偷递给她，只是她都不再回应我。她写给我的最后一封信里，我们说好下一个周五要去买老狼的新作品。我数了一下，刚好是通信以来的第六十三封。

我不知道是不是所有年轻的爱情都这么容易支离破碎，但心动的感觉是多奇妙呢，你会早早地在脑海中描绘蓝图，并标注属于你们未来的范畴，就等着她一只脚踏上这片沃土。

但你太想长长久久地跟她在一起了，因此不会在没有万全准备的时候轻易向前迈步，更不会为了一时的眼前的甜蜜而对你们的明天不管不顾，于是你会一直觉得自己没准备好，觉得自己还可以再好一点儿。最终，等来等去，她还是不属于你。

不久之后我凭借普普通通的成绩顺利毕业，上了一所大专。清清留在校园里继续发愤图强。在这个故事里，我们都很平凡，她没有成为为学渣酷 boy 堕胎辍学的白莲花，我也不是为女神勇往直前的宅男，我们都很渺小。我甚至有那么一丝丝卑微，在这段关系里，我是那个自导自演独自谢幕的小丑。曲终人散的时候没人为我落泪，就连演员，都只有我一个而已。

分开的这三年多我们很少联系。看到她的动态我也很少评论或者慰问，她一如既往的优秀，学了喜欢的专业，在校园里过得很好，交了门当户对的男朋友，而后顺利地大学毕业了。

我不忙的时候就会把那些信翻出来读一读，夜深人静时念着念着情绪就开始有些崩溃，很多次想给她发个信息，但思前想后，还是忍住了。

清清毕业的时候我已经在一家软件公司朝九晚五地工作了两年。

她穿着婚纱拍毕业照的那天，我还独自去看了老狼的演唱会。现场气氛很好，我在万人齐聚的演出厅中间哭得不能自控。有几位和我同病相怜的男生，不能自控地和我一起抱头痛哭，并不时用力捶打我的背部。大家都抛开矜持，纵情宣泄，如同这是一场和青春的盛大告别。

6

六年过去了，清清还是那个为了拒绝我送她回家就把我自行车踹倒在地的高清清。

我去邮局查过了，她已经签收了我的信件。我想，比起从前的模糊不定，她这次直接选择了无视吧。可那又怎么样，我总不能去婚礼上拉住她的裙摆，问问她当初有没有对我动过一丝丝心吧？

这几年看过了这么多聚散离合，才逐渐开始明白什么是一厢情愿，什么是爱一个人不需要任何理由，我至今也不敢冒然认为我对清清那就是爱情。我只知道两个人相互陪伴一起前进，话语相投，是一件多么美好的事情。我们对彼此的期许纯净得毫无杂质，以至于弥补了我往后人生里爱情的空缺。

所以，这几年里我一刻也没忘记过她。

在很多个深夜我也曾唏嘘感叹，想到没有正儿八经地和她谈恋爱心里就会很难过，也会感到遗憾和钝痛，会想争分夺秒立刻翻山越岭赶去她身旁，笑着询问她是否别来无恙。

但都没有付诸行动，不仅是因为我没有勇气和决心付出，也因为我内心清楚，这个人不属于我。

最终我还是回到了那座小城，并不是为了如期去参加婚礼，而是想看看，尘封在记忆中的这些东西是不是早就变了模样。

回到家里，发现小时候淘过杂志磁带的音像店早就关门了，路边是一个个焕然一新的门面。这座城市多出了许多电影院，音像店却寥寥无几。

我走进仅存的一家音像店，带着一丝丝怀旧和凭吊的心情。货架上大多是电影碟片和明星周边，别说磁带了，就连唱片都很少了。门口的音响里正在大声放着TFBOYS的新歌，旁边挂满了他们的海报和写真。

我推开门走出来，两手空空，身后是这座被大时代包裹着经历了蜕变的城市，晦涩不明的思绪藏在了那首老歌里。

"变幻的世界有多美，昨天的爱情像流水，你的心，是否停留在那一回。"

7

路过母校的时候，看到对面的广场上新竖了一个大屏幕。屏幕下有结伴跳舞的老夫老妻，有窃窃私语的中学生小情侣，有正在锻炼身体的年轻夫妇，还有自顾自玩耍的调皮小孩儿。大屏幕里正在播放汪峰旗下的互联网平台iwini的最新一期节目，第一个画面里闪过这样一排字幕："每架飞机的起航都带着一个使命，那些没有归航的，在某处用另外一种方式完成着它。我们习惯了忘却，好像它们已不再是这个世界的一部分。"

这话的言外之意，其实是在向一个时代告别。就是属于我们的那个——纯真年代。

那时花开

他们相爱着,像兢兢业业的手表,准时持久,动力十足。

1

叶东的感情是个很害羞的东西。它藏在眼睛里、呼吸里和每句"你在干吗?"里。

成都大太阳,叶东问:"你在干吗?天气热不热?不要吃冰淇淋。"成都下雨了,叶东问:"你在干吗?穿外套了吗?"成都打雷了,叶东问:"你在干吗?电脑关了吗?不要随便出门。"
叶东彻底忘记了,他们之间的物理距离不过100米,他随便迈迈腿就能把握宁夏的现状。但他还是会反复问,宁夏常常对这个情商低下、神经大条的男人感到哭笑不得。

叶东是宁夏的初恋,一个23岁的愣头青。对生活无欲无求,抱着画笔随意涂涂画画就能傻呵呵地乐一整天，遇到一只流浪小猫就说要抱回家暖被窝。闲下来的时候，叶东喜滋滋地告诉宁夏："媳妇儿，我今天画了一幅全世界最好看的画儿，我觉得价值一百万！"

宁夏暗自琢磨：估计这个画要么很超现实主义，要么用色很大胆。没多大会儿宁夏的微信响了，她打开一看，画里她抱着电脑坐在床头冲叶东翻白眼。眼神惟妙惟肖，看起来十分俏皮。

宁夏再一次哭笑不得，可转念一想，真好！他们相爱着，像兢兢业业的手表，准时持久，动力十足。

2

和叶东相恋之前，宁夏没想过自己会在这个小城待这么久，也没想过上帝会赐她这么一个傻大个男朋友。她不过是去赵雷歌里的小酒馆坐了坐，想留下一些自己特有的情愫，在《成都》这首歌烂大街，甚至带动成都的旅游产业之前。

宁夏站在离小酒馆五米开外的地方，带着一种近乡情怯式的虔诚。实际上里面什么也没有，但她就是舍不得走。叶东过来搭讪，且明知故问："你最喜欢的一首歌是什么？"宁夏一个白眼丢过去。叶东不死心："那你现在想不想听到这首歌？"宁夏再一个白眼，心想：难不成你现在可以叫雷子过来唱给我听啊！

叶东顺势拿过宁夏手中的手机，她以为他要打开自己的音乐播放器，内心正开启吐槽模式。谁知叶东拿起手机按了一串号码，然后，音乐适时地响起来，赵雷温柔如水的声音响起来："和我在成都的街头走一走，直到所有的灯都熄灭了也不停留，你会挽着我的衣袖，我会把手揣进裤兜……"

后来的事情不用赘述，他们不仅一起手挽手走到了玉林路的尽头，还走遍了成都每一条大街小巷，以及一整个青春。起初宁夏总觉得自己是被"套路"了。在一起以后才深知，叶东泡到她怕是用尽了毕生的小聪明。

3

叶东在青羊区的一间小插画室里上班，于是他们在这里开始正儿八经地谈恋爱。叶东画画，宁夏就带带旅行团赚点小钱。夜里睡不着的时候，叶东咂巴着嘴为她出谋划策："我觉得你可以再发展个副业，比如旅拍摄影师什么的，没准以后还会成网红呢！"宁夏也兴致勃勃地和他讨论起来，两人躺倒在那张不太柔软的木质大床上自由想象。

成都的确如同赵雷的歌里唱到的那样，像个害羞的小姑娘，时常阴雨连绵。春季有嫩绿的垂柳，夏季就着各种碳酸饮料撸起串串，秋季可以挽着心爱之人的手穿梭在玉林路上，在冬日深夜去吃治愈人心的火锅。

在秋天的末尾，他们沿着宽窄巷子慢慢往前走，夕阳把他们的剪影拉到有一个世纪那么长；暖阳照射在头顶上方时，宁夏就坐在工作室的院子里给叶东当模特，叶东抱着画板看着宁夏笑得像个孩子，两人一坐就是一下午。

凌晨，他们手拉着手穿过大街小巷，在昏暗的路灯下同食一碗担担面。

叶东曾经说过,他的媳妇儿是全世界最好哄的媳妇儿。不管发生什么事,一碗食物可以治愈一切。如果实在不行,那就两碗。

4
成都的幸福指数实在太高了,原本已经将出国提上日程的宁夏就这样和叶东在这座小城虚度了将近一年的时光。

夜里叶东变成一个再正常不过的男人,他轻轻亲吻宁夏的耳朵,然后呼吸渐渐急促。
他的声音低沉得吓人,他问宁夏:"你什么时候才会彻底变成我的?"宁夏羞红了脸,轻轻合上眼眸不说话,剧烈的疼痛贯穿她的身体。
事后,宁夏哭得很惊悚,鼻涕眼泪混合在一起:"叶东,怎么办,可是我还想去看一看外面的世界啊。"叶东不说话。

一切都在那一天开始发生改变,可陷入爱情里的人顾不了太多,总想着先抓紧腻歪了再说。

跨年过后,赵雷"我们的时光"巡演来到了成都站,他们没钱去看演唱会,于是躲在被窝里看直播。为了《成都》究竟是钢琴版更好听还是现场版更好听争论不休。叶东在这种事情上倒是霸道得很:"你知道个屁啊!"亲吻劈天盖地落下来,而且还带着火锅里的大蒜味儿。

叶东要熬夜画插画,宁夏就站在身边帮他调颜料,叶东几点休息,宁夏就几点休息。夜里画室没人了,他们去各个犄角旮旯寻觅食物。冬天,宁夏把冰凉的双手伸进叶东的胳肢窝里,冻得叶东一边哆嗦一边还不忘嘿嘿嘿傻笑。那会儿的赵雷还没有写《无法长大》,可叶东总说,要和宁夏一起游遍世界,那样活着才有意义。

他们很亲密,所以日子过得无比快活。但那不过是因为,他们还没触及过彼此的底线。因为热恋中的人根本不会意识到,就算再相爱的两个人,将来也是会有恨不得杀死对方的一刻的。

4

阴雨连绵的天气里,衣服和被褥总是黏糊糊的,很冰凉,加上叶东工作的关系,长期作息不规律。不久之后宁夏就生病了。

宁夏开始定期去看医生,叶东接到了第一本正式意义上的插画作品。宁夏搬去了离医院近一些的地方住,他们偶尔见面。那段时间,大口大口恶心的中药咽下去,尖尖细细的针穿过宁夏22岁的年轻脸庞,她不明白自己为什么会孤零零地走在异乡的街道上。

这是她人生中第一次开始感到,原来人是需要归属感的。当然,为了这稀薄的归属感,他们是不舍得和自己心爱的人作对的。

打着雨伞在陌生的城市里穿梭,环顾四周没有一个面孔是令她感到心安的。清晨醒来站在镜子前,心情就开始变得恶劣。宁夏想撒撒娇示弱,尝试表达自己此时此刻非常需要叶东的陪伴。好几次路过画室,看到叶东埋头在窗户边涂涂画画,她开始变得沉默。

那段日子叶东的工作进展得很顺利，书出版后，因为内页的插画，他收获了许多粉丝。偶尔会有不明所以的小女生抱着书来画室找他签名合影甚至拥抱。那些女孩子投向叶东的目光，娇滴滴得能掐出水来。宁夏再清楚不过了，那是爱慕的眼神。

有读者穿过好几座城市坐14个小时的动车来看他，三个人坐在巷子里的一家小店吃饭，彼此心照不宣。面条端上来的时候，那个清秀的小姑娘说话了："老板，有一份不要放香菜，叶东不吃香菜的。"

不吃香菜的是宁夏，叶东不过是习惯了。宁夏想起那个在黑夜里和叶东指尖触碰一下心里都能开出无数朵小花来的自己，内心涌上酸涩的气泡。草草吃了几口面敷衍了事，借着要去医院复查的理由，离开了饭桌。

宁夏从不是会"宣示主动权"的咄咄逼人的姑娘，有时候她真羡慕那些会吵会闹的"任性"的姑娘，嘴巴一撅脸色一沉，心想事成。宁夏终究还是做不来。再说了，喜欢一个人的心多么容易理解呢。

5

慕名而来的人开始多起来，大家都说叶东的画很温暖。宁夏不适应这种生活，她开始找正式的工作。

一家旅行社录用了她，在杭州。宁夏提出来的时候目光灼灼地望向叶东。她想，如果他开口，她就留下来。

"你都不像以前那么爱笑了,问你也不说。"叶东选择跳过这个话题,聊起了别的。

"我不太适应别的女孩子和你近距离接触。"宁夏目光望向别处,语气平淡,尽量让自己听起来从容懂事。"那是我的工作啊,那只是我工作的一部分,你才是我的生活。"叶东显得不是很耐烦。

宁夏抬起头来看了他一眼,内心有千百句要说的话,最终还是沉默。她想起自己很久以前问叶东的一个问题。

"叶东叶东,你想要很多人喜欢你还是只有一个人喜欢你一辈子?""当然是想要一个人喜欢我一辈子了,我对名利这种东西真的无感,和你平平淡淡地在小城市结婚生子,然后一辈子就这么过去,挺好的。"

宁夏最终还是走了。走之前她悄悄地去了一趟小酒馆,那天没有演出,大门紧闭着。宁夏怕自己再也回不来了。在机场分别的时候,宁夏还是没忍住:"既然不在乎,那就换个城市一起生活吧,离开成都。"

"你随便就能找到工作,但是我不行,我只能画画。我害怕面对新生活。你也从不发愁,因为你家里有钱。"叶东这句话显然伤到了宁夏,宁夏头也没回。

6

新的城市街道很干净,一派热闹的场面,因为圣诞节快来了。叶东偶尔给宁夏留言,说自己遇到了一个不错的主编,获得了办巡回画展的机会。彼时的宁夏迎来了她和叶东生命中的第一个、也是最后一个新生命。

宁夏的第一反应当然是高兴，她想，索性也不要去追究叶东之前的一些让她心里不舒服的言行了，现在就带他回家，然后开始生活。

虽然22岁怀孕对她而言真的太早，她还有很多未完成的事。而且，在遇见叶东以前，她还是一个成天叫嚣着要成为不婚族丁克族的傲娇小公主。但这次，她第一次开始在心里描绘"家"的轮廓。

平安夜的前一夜，宁夏决定把这个消息告诉叶东，并询问他的想法。叶东在电话里兴致勃勃地告诉宁夏，圣诞节的晚上，他会在成都的美术馆办自己有生以来的第一场画展，场地很宽敞。

"你回成都吧宝贝，好久没和你一起去吃土豆粉。"宁夏隔着电话都能感受到叶东眉飞色舞的样子，他听起来很兴奋。宁夏冷静得可怕："叶东，你喜欢孩子吗？如果我们即将要有一个小孩，你期待他来到这个世界吗？"

叶东迟疑了片刻："可是现在我手头有别的事在做啊，我不可能突然中断……"宁夏感觉他是在说"我要画画，不想要小孩"。这次，她还是选择一声不吭。

孩子没了。叶东的画展很顺利。宁夏躺在医院的病床上刷微博，现场气氛很好，叶东说话很客套，最后的大合影他看起来笑得又暖又阳光。

而对于宁夏而言，眼下的这个"充满套路"的叶东，是用这个珍贵的孩子换来的，她心里有怨气。

从医院回家的时候宁夏买了一个纸杯蛋糕，坐在公交车上，勺子就在嘴巴里咬着，宁夏下意识地呢喃：真的不是妈妈不要你呀。我有多期待你到来呢。

7

即便知道这个孩子没了，叶东还是没有立刻出现。等事情都办完的时候，叶东来看宁夏，带着一枚戒指——用第一笔版税换来的戒指。如果是以前，戒指哪怕只值五毛钱，宁夏也会高兴得好几夜合不拢嘴。然而现在，她意兴阑珊。

不知道是不是所有人都有这样的一种体验，浓郁的感情最禁不起消耗，它在最炙热的时候如果没有得到对等的回应，就会慢慢冷却下来，然后越来越稀薄。直到对方开始察觉，你好像突然变了一个人一样。

或许，叶东根本不像他自己说的那样，已经准备好和宁夏携手一生。宁夏不愿意去面对人性的劣根性，不愿意去面对那个依旧说着爱她却选择放弃她的孩子的爱人。爱情太容易把彼此捆绑在一起。宁夏知道，叶东不选择孩子，是没有那么多理由的。

只是，叶东临摹了太多美好的未来，让她难免先入为主罢了。

叶东的确变得越来越耀眼，他也不再需要一个深夜陪他熬夜、早上为他熬粥的人，他可以选择叫外卖，或者不吃。

因为要调理身体，宁夏还是回到了成都。孩子的孕育和离去，使得她和成都的羁绊更深，她也在这里结识了许多朋友。她把大把时间花在了望着路边的小孩发呆和写字上。她再也没陪叶东画过画,甚至下意识拒绝接触他的画。玉林路她也只是一个人去。

她开始讨厌叶东的工作。工作室规模扩大了很多,叶东成了合伙人,与这间画室紧密地捆绑在一起。

其实叶东还和以前一样,爱讲笑话逗宁夏开心,神经大条,很多事注意不到,会刻意回避一些话题。宁夏变得更加易怒,源源不断的慕名而来的粉丝让她烦躁。

夜里失眠的时候,她一遍又一遍问叶东:"为什么你会不要你自己的孩子?你不是很爱我吗?""我爱你啊。"叶东的话就像是弹簧,撞进宁夏心里,反弹回来的时候,让她的心狠狠一疼。

这道坎,怕是跨不过去了。

8

画展马上进行到下一站,叶东说要带上宁夏,宁夏尾随,内心漠然。她站在人群里看着大家朝着叶东涌过去,内心毫无波澜。

回成都的时候,叶东把耳机落在了酒店,一路心不在焉。安检处人很多,宁夏的行李箱里塞了一瓶补水喷雾忘记拿出来,安检显得十分没有耐心。不等她掏出来,拉开箱子便准备去翻宁夏的东西。

安检的手劲很大,箱子很快被拉开,里面的东西散落一地。一时之间大家的目光聚焦过来,地上甚至散落了一些隐私物品。宁夏愣了几秒,回头看看叶东,试图求助。叶东目光看向别处,似乎在发呆。

宁夏一件一件捡起箱子里的东西,合上箱子,她慢慢站起来,眼泪一下子就掉了下来。"叶东,你在想什么?"宁夏的声音听起来有些颤抖。
"我在想我的耳机究竟放在哪里了。"这次宁夏没有像往常一样懂事,她和所有敏感多疑的女孩子一样,想起了那个生病了需要独自去医院的自己,那个失去孩子的自己。

她哭得又狠又急,慢慢坐下来试图缓和情绪。她以为叶东会安慰她,但是叶东下一秒的举措更加让她心凉。叶东掏出手机,开始给酒店前台打电话,寻找自己的耳机。
宁夏掏出自己口袋里早就替他拿上的耳机,轻轻地掰开他的手指,把耳机郑重其事地放到他掌心里,甚至调皮地拿耳机线缠住了他的手指。
宁夏说她要去上厕所,于是拖着箱子走开了。

宁夏带着那颗想把耳机一把火烧掉的心走了,又突然又决绝。她突然觉得很可怕,想要逃离这段感情。

9

叶东疯狂地找她,电话、短信、微信、微博,只要有任何和宁夏相关的人的一点点消息,他不遗余力地去给人家留言,表示想要找到她。一边找她,一边有条不紊地进行着自己的人生轨迹,宁夏的偏执反而更加无处遁形。或许宁夏内心那个有些阴暗的小人更加希望看到叶东没有她就什么也做不了吧,这样就扯平了。

叶东找到宁夏的时候已经临近除夕，宁夏还是那个打落牙齿和血吞的宁夏，不忍和心爱的人作对。她的心里藏着很多负面的因子，为着往昔的半点快活，始终不肯喷涌而出。
宁夏开始认真地收拾房子，细致地在门上贴着自己写好的春联："浮生若寄谁非梦，到此能安即是家"，这话和叶东随遇而安的性子倒是真有几分相像。

他们一起包饺子，叶东说笑话，但宁夏即便强颜欢笑也笑不出来。画室的人也来了，大家围坐在一起，家里有了一些烟火气息。另外一位插画师喝醉了，借着微醺的劲儿和大家打哈哈："嫂子，以后你们叶东可是要大红的人，醋什么的你也不要吃啦，别回头他想红红不了。"
插画师大概真的喝醉了，他自己说了什么胡话他也很迷糊。宁夏抬起头来，眼神冷冷，想知道叶东是什么表情。果不其然，叶东尴尬地傻笑着，除了"嘿嘿嘿"，嘴巴里再也发不出一个其他多余的音节来。

宁夏的鼻子里发出一声冷哼："你这个孬种，除了傻笑你还会干吗！？"叶东脸色一僵。
"谁耽误谁还不一定呢。"宁夏管不了那么多了。
一时之间气氛变得很尴尬，大家大气不出赶紧离开了饭桌。出门的时候还不忘把门给他们带上。

"你什么意思？"叶东气急。

宁夏不说话，一把将桌上的饭菜扫到了地上，又跑回卧室把叶东没有画完的画拿出来，摔在地上，双脚踩了上去。叶东闭上眼睛。

"你凭什么让我相信你在爱我？"宁夏不知道哪里冒出来的力气，一把揪住叶东的衣领，气急败坏。叶东睁开双眼，满是惊讶，但还是一言不发。

宁夏重新跑回卧室，把衣柜里叶东积压的手稿一张一张全部拿出来，撕成碎末，然后一把甩在了叶东的脸上。夹杂在这些手稿里的，还有一张流产证明。

然后宁夏开始收拾行李，说是收拾行李，其实宁夏不过是拿着空箱子和在路上需要用到的洗漱用品就走了。钥匙被孤零零地丢在客厅的茶几上，发出清脆的响声。

这个人天生属于这座城市，他就和这座城市一样，是带不走的。无数人在他身边来来去去，但终究不会停留。宁夏终于明白了这一点。

叶东站在那堆纸张的碎末中间，慢慢蹲下身来。他沉默了很久，才挤出一句话来："你爱上我的时候就知道，我是一个不会表达还有些自我的人啊。"

10

秋高气爽的九月，叶东和宁夏真的分开了，宁夏说了最狠绝的话做了最伤人心的事，就为了体面地离开。他们的爱情就像拔河，在彼此的较劲中，双方都一点点筋疲力尽，败下阵来。

两年后，宁夏已经拥有了体面的工作，拥有从容妥帖的笑容，将"爱一个人不是看他说了什么，而是看他做了什么"作为择偶标准，学着去接触那些"有志青年"。

R 先生出差到成都，邀请宁夏随同，一起去看画展，宁夏精心打扮，穿了红色小礼服，对方轻轻扶着她的腰。

展厅的角落里摆放着一些新锐画家的命题系列参赛作品。其中，黄色主题区域的一组画吸引了宁夏的目光。

画一共分两幅。第一幅画里，一对青年男女坐在院子里，金黄色的阳光落在少女的肩膀上，少年坐在画板前握着画笔正咧着嘴冲她笑，少女略微羞红着脸，整个画面暖洋洋的。

第二幅画里，少女坐在卧室中央，面前是升起的火堆，火堆里是一幅一幅即将燃烧殆尽的画，少年昂首站在一旁，闭上双眼，一滴泪珠若隐若现。画面也是金黄色的，不过，那是火光的颜色，那是爱人心里的两把火。

宁夏掏出包里的便利贴，倚靠着墙壁，快速写下一段话，贴在画的支架上，然后转身离去了。

便利贴上是《成都》的歌词：

"分别总是在九月，回忆是思念的愁，深秋嫩绿的垂柳，亲吻着我额头，在那座阴雨的小城里，我从未忘记你。成都，带不走的只有你。"

宁夏走得铿锵有力,高跟鞋啪嗒作响,背脊很直。很快,她便挽着 R 先生的胳膊消失在人群里。

公交车上,宁夏分了一只耳机给 R 先生。耳朵里传来的声音有些嘈杂,无数热情的小姑娘高呼着"赵雷我爱你"。R 先生疑惑:"他说的这个小酒馆在哪里?""距离我们六站。"

时隔两年,再站在这里,身边的人已经换了。当初的心情也许还记得,但不会再回去。

这段叶东和宁夏彼此消耗的时光,还有一个美丽的名字,叫作青春。

青春是什么呢?青春就是你耗费千倍百倍的心力去做一件事,最终却一无所获,有可能还要被人误解。而这件事,叫作爱情。

爱情就是,不管你牛逼也好、傻逼也好,任凭你怎么折腾,它过去了就是过去了,且永不回头。

成都带不走的不止爱情,还有另外一个你自己。

第 二 部 分

长 大 成 人

P061—108

所谓来日方长都是假象，
对于时间而言，
一去不返才是亘古不变的真理，
每个人只能陪你走一段路，
幸运的是我，
曾陪她们一起途经这盛放的青春。

少年时代心目中的英雄

希望有一天，如果生离死别来到你和你的亲人面前，你能用温暖与爱，笑着与他们挥手告别。

《月亮粑粑》是湖南长沙人耳熟能详的童谣，从古流传至今。一般是老人家哄小孩睡觉用的。作为一名地道的长沙姑娘，前奏童声部分一响起"月亮粑粑，肚里坐个爹爹，爹爹出来买菜，肚里坐个奶奶，奶奶出来绣花……"就将我的思绪拉回童年时光：

夏天的晚上，大人们在地坪里聊天打麻将，房门虚掩着，因为刚喷过灭蚊剂。我和一群小孩子在旁边的空地上玩耍，或是在平房的楼顶上玩沙子。那时月圆明亮，星星很多。当我们感到疲倦了，用小嘴装模作样吹吹地上的灰，然后躺下来，抬头看看天上的一轮明月。

再次打开这首童谣的时候，我才惊觉，我已经很久没有抬头看过头顶上空的月亮。恍惚间抬头一看，他真正像外祖母曾经在歌里唱道的那样——不知道什么时候，我已经长大了，她却依然很年轻很平静。

1

我的童年被安置在一座小城的外祖母家里，她是一个热心肠且勤奋的女人。一生都在忙碌，见不得任何人不快乐，经常救人于水深火热之中。外祖母经常带我去敬老院看望留守（孤寡）老人，她认了死去闺蜜的儿子当干儿子，并视如己出。

依稀记得童年时外祖母一家日子不宽裕，我只有认字和算数正确后才会有奖励，最好的奖励就是草莓。直到成年以后，我依旧觉得草莓是心头至爱。但很久以后我才知道，那是外祖父从山上采茶时摘下来的野草莓。

那时候需要添置玩具和新衣裳，需要给远在山东的妈妈写信，像打报告一样。信件内容往往会被外祖母"调虎离山"，换上她歪歪扭扭的字迹："一切都好，不要挂念，对自己好点。"再叠起来塞在她给妈妈织的新毛衣里。

我的童年就是在这样的渴望与期待中度过的，渴望新的玩具和美丽的衣裳，直到发现外祖母给我的已是最好。
对了，差点儿忘了，我姥爷重男轻女，可我偏偏不是个男孩儿，所以在他那里并不得宠。

2

最近我频繁地做梦，梦里有时是牙齿整排脱落，有时是被野狗漫山遍野追着跑，有时候是山野间的一些生活片段。舅舅肝癌晚期，快离开人世了。爸爸偷拍来的照片里一米八几的大个缩水得不成样子，躺在病床上缩成小小的一团。

我说我回家吧，我妈说习俗你忘了吗，你在外面闯，不要回来，你的事我会替你办好的，我会替你尽孝。你安心工作。

选题会开到一半的时候，妈妈打电话过来，问我书柜里的书是否还需要保存，我下意识感觉妈妈要改造书房。

于是直接问："书房要拿来做什么吗？"妈妈的声音听起来有些哽咽："舅舅没剩下多少日子了，准备把你外婆接过来住几天，到时候外面敲锣打鼓的，怕她心里难受，熬不下去。"

舅舅的生命所剩无几。那阵子外婆有些感冒，我异常焦虑。想起我上一次距离死亡这么近，还是外公动肾结石手术的时候。手术的风险有些高，外公年纪大了，恢复能力减弱。
动手术时我还没有参加工作，那时我经常去医院看他。

洁白如玉的脸盆被置放在病床底下，他如同顽皮的孩童，摇头晃脑地试图仰起脖子瞅一瞅挂在墙壁上的电视机。说到这里你一定觉得奇怪，因为很少有人会用"洁白如玉"来形容病房里一个普通得不能再普通的便盆。只是里头炫目的红确实衬得便盆有一种刺眼的白。端起来的时候里头的腥味儿几乎击退我。

我怕血，怕生离，怕死别，怕一切你们可能也会害怕的东西。

人大概只有在这个片刻才会觉得自己是不特别的，是无异于常人的吧。我们沿着时间的长线往前奔跑，留下逐渐老去的长辈们在身后张望。我们跑得越快，可能会越快忘记怎么回来。

舅舅和外公这两个少年时代我心目中的英雄突然开始苍老，开始进行生命中的倒计时。

3

我外公具备所有二三十年代的人的优秀品质：善良，坚韧，吃苦耐劳，勇往直前，朴素，等等。他的命运在两三岁的时候就被更改。地主家庭没落，家族里的亲人们流离失所，我外公也是在那个时候跟着放牛的农民走出村庄，再也没有找到回家的路。

外公随后被一个善良的家庭收养，六岁的时候，外婆以童养媳身份嫁给他。随后两人生儿育女，一步一步走到今天。

外婆是典型的"刀子嘴豆腐心"，在很多人眼里她牙尖嘴利，稍显刻薄，但这并不妨碍她的热心肠。方圆好几公里之内，小到采茶的工作人员、在田里劳作的乡亲们，大到左邻右舍，都十分喜欢和她交朋友，由此她还认了一堆干儿子干女儿。

除去原本有的三个儿子和一个女儿，她膝下环绕着一堆晚辈。我们现代人所说的"吸引力法则"这时候就有所体现，外婆凭着自己的心地善良、勤劳勇敢吸引并影响了下一辈正直孝顺的年轻人。每年除夕家里都很热闹。

由于父母工作调动的关系,我被留在乡下由外公外婆抚养。村子本就不大,一点点喜庆的事情很快把一帮人召集在一起。年夜饭的时候,我们围坐在一起,大家相互敬酒夹菜,烤火的时候一块烤地瓜、煨鸡蛋。

两岁的时候我已经可以准确无误的从 1 数到 100。那时菜园正对着我们老家的地坪,我蹲坐在台阶上大声数数,数到 100 的时候,外婆刚好择菜回来,给我带回一个新鲜的西红柿作为奖励。我的童年没有彩色的糖果纸和昂贵的玩具,也没有童话故事书。
但两岁到十二岁那十年,依旧是我人生当中最闪耀的日子。一回首还会觉得这两位老人在记忆里闪闪发亮。

我的外公呢,典型的好好先生,好脾气,好为人,好(注意:此处念第三声)玩。

每天傍晚我们家老房子必定会发生的一幕是:外公站在空旷的地坪上,把双手放进胳肢窝里,抬头看看远处的蓝色白云。而外婆呢,站在不远处的台阶上气得跳脚,不时扬高八个度的语调,内容不外乎埋怨外公白天又去哪里打牌输钱了,说他老得牌也认不清了,还跑出去和一帮年轻人玩。外公总是笑嘻嘻朝着外婆挤眉弄眼一番,然后不再说话。偶尔说烦了,他就走远一些。

其实这样的两个人搭伙过日子,真是天衣无缝。一个严谨,一个豁达;

一个刻薄,一个宽容;一个毒舌,一个好脾气;一个爱玩,一个勤劳一丝不苟。

4

外公生病的时候我从老家搬走已经整整十年。其实自打我去外地上大学,就基本是一年回家一次了,每次回来他们又变矮一些,变瘦一些,行动迟缓一些,听力下降一些。

"老"究竟是怎么一回事呢,就像他们在与时间拔河,以白发为绳。他们在这场拔河中节节败退,任由皱纹和病痛一点点蔓延到他们的周身。

而当我察觉到他们逐渐进入老年的时候,那是一种巨大的惊讶。曾经我是多么地依赖和仰仗他们,在我成长的过程中他们为我遮风挡雨。多少年过去了,时间流转,他们开始驼背了,听不清我说的话了,甚至就连记忆,都开始涣散了。

就连见证我们之间亲情的老房子,也开始不负风雨的摧残了。

我才体会到,生老病死是我们一生当中难以察觉的也是必经的最"泥泞"的一条道路。

外公做肾结石手术的时候已经是八十岁高龄。其实肾结石手术不是太大的手术,但医生反复强调,老人年纪大了,也许不一定可以挺过这一关。

如果说我的外婆在过去几十年当中是一只呲牙咧嘴爪子锋利的野猫,那一刻,她却蜕变为温顺可爱的小绵羊。因为即便是她,也意识到,病痛已经来到她伴侣的床前。这仿佛在提醒她,他们两人的路,快要走到尽头。

5
外公手术的时候,家里的老房子准备拆迁了。倔强的外婆起初不愿意离开他们唯一也是最后的家,好几次被贴上"钉子户"的标签。后来子女轮番劝说,连哄带骗,才把她接去舅舅家。那一刻,我感觉她又老了五岁。

房子拆迁的时候我恰好回到村子里。看到推土机缓缓朝着房子过去,如同时间般,带着摧枯拉朽的力量。不过几下,那些土砖土瓦就轰然倒塌。卧室的墙壁上那些我儿时得到的奖状和小红花飘荡在尘土飞扬的空气里,好像在祭奠着什么。

时间呀,它从不等人。任凭你怎么叫唤,它就是不回头。

外公的手术成功了,他们也终于住上了大房子,但他们的确一夜之间变得越发苍老了。

三线城市的扩建和改革如火如荼地进行着,大家都在期盼一种更好的生活。老人们的这种近乎偏执的"根"的情结并没有得到太多人的重视。
公园的广场上新竖了一个大屏幕,街道两旁一列列商铺也开始招标了。我看着身后被工业和商业裹挟起来的小站城市,一面暗自回味它的变迁,一面不争气地怀念过去。

生命是一条长河，我们步履不停地往前走，期许在河流对岸，也应当银光闪闪，充满爱。

希望有一天，如果生离死别来到你和你的亲人面前，你能用温暖与爱，笑着与他们挥手告别。

微笑着告诉他们，我们是如此爱您，以后不管您去了哪里，我们都会加倍爱您，并且永远祝福您。

每个人只能陪你走一段路

所谓来日方长都是假象,对于时间而言,一去不返才是亘古不变的真理,每个人只能陪你走一段路,幸运的是我,曾陪她们一起途经这盛放的青春。

1

苏试试结婚了。伴娘不是我,也不是冯佳。试试和冯佳是我从学前班到高中时代最好的朋友。她俩是表姐妹,我是后来出现的。随便扒拉一下手指头,惊觉我们认识已经整整三十年了。

婚礼在小镇最好的酒店举行。我站在举办婚礼的酒店大厅里,看着她和新郎的婚纱照,新郎长相平平,看起来老实巴交的,跟她很配。因为她太不老实了,中学时候就能看出来,活脱脱一个小"骚浪贱"。

当年上学的时候没人敢欺负她。当然了,也因为有了她,没人敢欺负我和冯佳。

我和冯佳,说得不好听点,就是两朵热衷装纯的"绿茶"。说到底,我们压根儿不需要试试保护也能活得格外逍遥，但我们喜欢被试试护着的感觉。

我到了婚宴厅，还是没进去。虽然时间已经过去了好几年，我们上了大学就再没说过话，但我想我们都很了解彼此，我们都还是没从妄想要掀翻世界的锋利少女蜕变为温柔地与这个世界握手言和的成年人啊。

婚宴厅的中央大屏幕上放着试试和她男人的VCR。VCR里，苏试试和三禾以外的另一个男人在旅途中携手前行，在车站依依不舍地离别，在厨房洗手做羹汤，在海边的夕阳下踮起脚亲吻……

当年我们穿着把长裤改成阔腿小短裤的校服，兴高采烈地讨论关于各自的婚礼。试试说，无论她和谁结婚，除了伴娘必须是我和冯佳以外，录的VCR里也一定要有我俩。
PPT里还必须放着我们仨不同时期的照片，从幼儿园到大学，从相识相知到不分彼此，她兴高采烈地跟我们强调。

现在，偌大的会客厅里，除了那首听起来孤零零的《别，千万别》，没一样是和当年的设想重合的。

"如果有一天我要结婚了，那肯定是我漂着漂着想上岸了，我要放陈遥最喜欢的朴树，那首歌儿怎么唱的来着：别做梦，你已24岁了，生活已经严厉得，像传达室李老伯……"喝醉酒的苏试试都快站不稳了，在我们家院子的台阶上五音不全地哼唧，鼻涕眼泪交织在一起。

那是她离开小县城跑到广西的前一夜。

2

1996年,我们15岁,临近初三。当时麦田推出"麦田三原色"。蓝是叶蓓,唱的是青春;白是朴树,唱的是远方;红是尹吾,唱的是生存。

这三个人各自占据我们的心头好。

苏试试是红色的,早熟,冷冽,言辞笨拙却生性热情,骨子里藏匿着一股自卑,同时又有些自负。她喜欢那个唱着《每个人的一生都是一次远行》的尹吾。

冯佳是蓝色的,长相清纯,家世较好,青春且充满活力,是男孩子们青春期里迷恋的女孩子类型。她喜欢干净清爽而漫不经心地唱着《在劫难逃》的叶蓓。

我想我是白色的,外表纯净,内心阴郁,对这个世界带着一丝丝探究、一丝丝好奇、一丝丝不满和无可奈何。我父母的婚姻名存实亡,我只好假装看不懂一切。

初三时,我和冯佳成绩稍微好一些,在实验班。试试成天除了打牌喝酒抽烟无所事事,被分去了普通班。

但这并不影响我们三人深厚的革命情谊。每次下晚自习,我和冯佳的班主任总要啰嗦好一阵,试试早早地跑到停车棚,把三个人的自行车取出来整整齐齐停好在路边。一边倚靠着后座等我们,一边嚼着口香糖对路过的帅哥吹口哨。

我和冯佳脸皮薄一些，经常笑她不害臊。

周末的时候，试试拉着我们去她家看"好东西"。所谓好东西，不过是试试的爸爸从不知哪里淘来的一些盗版碟片儿，而且是带色儿的。
相比试试的明目张胆，我和冯佳就显得收敛许多了。我们抬起双手捂住眼睛，扭扭捏捏的，如同两个即将在新婚之夜入洞房的小媳妇儿。
电视机里的画面是带色儿的，身后是试试家的主卧。她的漂亮妈妈和她爸爸在床上翻滚，让电视里传出来的声音更加色情几分。试试调大音量，继续盯着屏幕目不转睛。
我和冯佳相互对视一眼，索性也放下了捂住眼睛的双手。

试试的爸爸偶尔会非常不靠谱，正常的时候还是挺好的。夏天的傍晚，经常带我们三个去游泳，我们三个在水里穿着泳衣一泡就是几个小时。
试试有时会突然袭击我和冯佳的胸，引得我们惊声尖叫，然后一副洋洋得意的模样，眯缝着眼接受岸边的小男生投来的探究目光。

3

为了顺利和我们考上同一所高中，苏试试去隔壁学校学体育了，加入了田径队。每天天还没亮就开始跑楼梯，汗如雨下。我们在自习室早读的时候，她已经起床一个多小时了。

三禾就是在这个时候出现的。

我想我们中学时代喜欢的男孩儿估计是差不多的,他们不一定要很帅,但发型一定要够酷(放在现在这个年代来说就是杀马特);他们成绩不是非好不可,但一定要会打架;他们家庭条件不一定多好,但父母一定有过什么矛盾导致他们性格很叛逆。

他们可以在网吧通宵打游戏,可以骑车带你在大马路上招摇过市,也可以带着你躲避城管的追杀在县城里的小河旁放烟花。总之,他们极具"少年感"。

试试和三禾在同一个队伍里训练,热身运动的时候,试试偷偷瞅一眼三禾,个子很高挑,小麦色肌肤,眼睫毛很长,光这三点,就够让试试花痴好几回了。她就好这一口。

田径队的女生本就少,再加上试试性子野,粗糙得像个大老爷们儿,所以很快和三禾打成一片,称兄道弟。每天晨跑提前半小时起床,把廉价的粉饼胡乱拍在脸上。跑起步来汗如雨下,本就不太精致的妆容自然会花。试试低头看看自己坚实的小腿肌,再看看前面三禾的背影,在原地急得直跺脚。

很快试试就藏不住秘密了,逛街买衣服的时候居然还会看几眼裙子。在我和冯佳的严刑逼供之下她选择了坦白从宽。

冯佳比较闷骚,她不发表意见。我特别"姐们儿义气",想一探究竟。

探了以后觉得三禾真好看啊,那会儿还没有"颜控"这个词儿,但我全然只看脸了。我看着三禾跟试试勾肩搭背的,宛如一对亲兄弟。

4

我们四个开始成群结队,一起想方设法骗过冯佳的爸妈,把她从家里弄出来,然后一块儿在夜里去爬山,去乡下的小路骑自行车,在下坡的时候,把双手松开,任风肆意拂过脸颊。

试试话最多,我偶尔附和,冯佳大部分的时候都在听。但是要帮助试试泡三禾这个事儿我们可一直没忘。可惜落花有意流水无情,三禾老是懵懵懂懂。我觉得他在装傻。

某天晚自习以前,我去田径场夜跑。远远看到黑暗处的台阶上坐着两个人,我一眼就认出来是冯佳和三禾。那天的冯佳很漂亮,化了妆,睫毛很翘,樱桃小嘴红嘟嘟的。我居然不知道她什么时候学会了化妆,我一直以为化妆这种事跟我们俩不搭边儿。冯佳长得倒是秀秀气气斯斯文文的,很招男孩子喜欢,但平时总素面朝天。

我耳朵很好,所以听到三禾说喜欢冯佳的时候,我忍不住要跳出来为试试撑腰,但冯佳的脸在明亮的月光下竟然浮起一抹可疑的红晕。

这个臭小子他竟然说喜欢冯佳!?我一时之间没有回过神,但我还是佯装淡定。就冯佳那股清高劲儿,招男的喜欢太正常了,家里条件又好。

我怒火中烧,急着为试试打抱不平,如同一个渴望世界和平的正义使者那般。我缕清思路:首先,这事儿不能让试试知道,她知道了肯定得爆炸;其次,要让三禾知道,冯佳不像他想的那样乖巧,她也是个会朝班主任茶杯里吐口水的主儿,只是锅我们背了。

试试还是该喝酒喝酒,该跷二郎腿跷二郎腿,该躲女厕所抽烟就躲。回想起以前出去聚会,她帮我和冯佳挡酒扶我俩回家的那些画面,我觉得冯佳太低劣了。

但其实我忘了,试试也许未必就这么想。以她那护犊子的心性,指不定男人不要也得让着我俩。时至今日我一直觉得,当时的我如果这么想,事情的发展趋势会好很多。

冯佳和以前不一样了,我开始察觉到,倒不是躲着我,而是开始有意无意问我抽烟是什么感觉,用什么姿势比较帅,她也试图仰头将手中的罐装啤酒一饮而尽。我知道这样不好,但不知道怎么主动提起,女孩子关于感情的问题总是极其隐秘的。我内心暗暗看不起她。

喝醉的时候她问试试:"怎么样才可以变成你?"试试一边打着哈哈一边嘲笑她:"就你这酒量。"大家都醉了,三禾扛着冯佳回去,试试不以为意,扛起我就要走。但明明他们三个才同路。我觉得试试傻。

5

三禾和冯佳应该是在一块儿了,暧昧的情愫在空气里涌动。三禾依然和试试勾肩搭背。小女孩的嫉妒心更强,冯佳尝试表演出另一个试试,每次以喝醉被三禾背回去收场。

很快学生会的新一轮竞选来了。三禾当之无愧成为了体育部部长,剩下我和冯佳角逐副主席的位置。我内心嗤之以鼻,就算为了试试我也会赢。我才不要给冯佳和三禾增进感情的机会呢。

那时的我忽略了一点：其实我内心是嫉妒冯佳的，她什么都有，是我们几个人里的人生大赢家。我骨子里的叛逆因子无处遁形。

试试她妈除了带各种野男人回来，还真不会关心她的作业和成绩，更不会给她缝补书包。每次去冯佳家里做客，我都感觉她被衬托得又坚硬又粗糙，但她假装失忆。

竞选结果下来，我输了。气急败坏之间，我恶语相加："冯佳，你以为我不知道你心里那点小算盘？"换来的是她的冷哼。

她转头偏向试试："为什么你在学校除了我俩一个朋友也没有？是不是因为你一副穷酸样而且还坏呢？我要不是你亲戚我也不想跟你玩儿。三禾要是考不上，他家还有钱啊，他还可以出国啊，你有什么？"刀子扎得又猛又狠，试试竟然不说话。

十六七岁的我们真的不明白，原来最亲密的人也会对你怀揣最深的恶意，而且是那么轻而易举就伤你至深。总之冯佳快准狠扎到了试试的尾巴，让她无法动弹。她长期靠伪装包裹起来的自卑和渴望，毫无征兆地暴晒在阳光下。

所以我做了这辈子最幼稚的一件事，我躲过宿管阿姨的火眼金睛，把三禾骗到了女生宿舍。冯佳推门而入的时候我正好在穿衣服。

我真没多喜欢三禾，有点小帅，但也不至于不要试试和冯佳。但我不像冯佳，每学年都会有人递情书；也不像试试，可以轻松和男生搂搂抱抱。那时候我是恨她俩的吧，恨我的平凡和中庸。

我觉得即便是我真爱上三禾，她俩看上的男的，我也不会要，但她俩刺痛了我，还为了同一个男孩儿撕破脸，不留余地。

你看，那时候的我就是这么斤斤计较且不明事理。本来一切与我无关的。

我永远记得那个傍晚，冯佳站在课桌旁，把我的英语书剪碎。我就那么看着她跑进厕所，往茅坑里撒纸屑。我在旁边瞪她，她轻轻扬手一挥，我们的友谊就此破碎。

她走得铿锵有力，头也不回，试试在旁边一声不吭，那个平日里最张扬的苏试试，始终低头沉默。

第二天全班都知道我的英语书没了，老师问我怎么没的，我说被我吃了。那时候我心想冯佳是真狠心啊，这么多年的感情说没就没。

等我 25 岁的时候回想起来，一个男人算什么？我们为什么会这么激烈这么极端地去处理问题？如果当时我自动忽略她的那番话，如果我没有……可惜没有如果。

我和三禾并没有在一起。他知道事情的始末之后，我们再没坐下来并肩喝过一次酒。高考来临，他没有考上体校，后来顺利出国了。在这段回忆里，男主角看起来就像是来凑字数的，打个酱油就跑了。

冯佳最后也没落着好，她之于三禾，就是一种征服欲和短暂的吸引，像三禾这么酷的男孩儿，装乖巧的你是根本留不住他的心的。

6

青春草草落幕，三年就被我们这么折腾过去了。

2000年的世纪之交，尹吾突然销声匿迹。虽然他一直在歌唱"离开"，但我们都没想过这一天竟然来得这样快。朴树大放异彩，通过MTV向86个国家的人民展示自己的作品《New Boy》。叶蓓与世界五大唱片公司之一"华纳"签订合约。尹吾回到老家和等候多年的女友结婚了。

19岁的苏试试开始想去远方，去体会歌里真正的远行。她还是把酒当水喝，把烟当饭吃，还是学不会和爸爸妈妈好好相处。

我还是那个循规蹈矩、不温不火、表面乖巧实则内心叛逆压抑的人，按照父母的期望上了大学，念了中文系。

冯佳去了上海念书。开了一个博客，不温不火写点小东西。偶尔也回忆当初的人和事。我会看，但从不评论。

我们三个看似和平实则暗潮汹涌的关系，已经谁也留不住，到了该各奔天涯的时刻了。

22岁的时候是2002年，大学草地上放映电影，是高晓松的《那时花开》。朴树、周迅、夏雨三个人一起录视频，说周迅周五归朴树，周六归夏雨，周日属于自己。

但总有人违背了约定。他们决定互不相识，一旦再违背承诺，就要去死。朴树略显阴郁地说："我们发了那么多誓，没有一个是实现的。这最后一个，应该要实现了吧。"

最后尝试去死的是夏雨和周迅。我看着朴树的脸，想起记忆里三禾模糊的脸。我至今都想不明白：如果当年的我并没有喜欢他，为什么要去掺合这段错乱的感情？

人啊，都自私，都心存侥幸。说着不以为意，其实都暗里计较。反倒是最应该计较的苏试试，沉默得反常。
因为，她在这段关系里才始终处于弱势地位啊。她同时失去了两个人的友情，那太残忍了，所以倒不如装傻充愣呢。
我们都是如此稀松平常地长大，生命赐予的很多东西没法改变，烙印下的痕迹也就长长久久陪我们走过了或荒芜或明亮的青春。试试嫁人了，冯佳一如既往地清高，谈了好几次恋爱，我在生活里蝇营狗苟。

早知道我们都会如此这般计较，老死不相往来，当初我应该好好和她们道别。或许尹吾唱的真是对的："走他妈再远的路，最终还不是通向坟墓。"

欢乐共有过。每个人只能陪你走一段，幸运的是我，曾陪她们看见过青春开放。

触不到的光

二陈用实际案例告诉我,人活着,最应该有的是善良、真诚和踏实。

在认识陈辰以前,我一直饱受某种价值观的摧残,我觉得人与人之间的关系更多时候是倾向于"各取所需"和"彼此利用"。大家为利而来,利尽而散。今天点赞夸你裙子美只是社交礼仪,明天不夸了是因为你已不再重要。可认识他以后,他让我对这种相互需要的关系有了一种新诠释,那就是:这段时间我帮你造梦,过段时间我陪你逐梦,我们一起努力,各自实现各自的心愿。我们都是彼此通向终点不可或缺的一环。

1

职场如战场,社会上哥们姐们分分钟用实际行动告诉我生存法则是"利己主义"至上之后,我一度觉得"吸引力法则"和"得道多助失道寡助"这两个美好的概念只存在于书本里。

直到我遇到陈辰。陈辰是一个网络电影导演,我们相识于一家电影制作公司。他的微信昵称就叫"二陈",所以在拍摄现场我经常听到别人"二陈二陈"地叫他,带点调侃,也满是尊敬。

他是一个做什么都很认真的人,修改剧本的活儿落在他头上,和广告商对接的工作落在他头上,盯后期还是落在他头上。

他还是业内出了名的"私活大王",每天只睡两小时也不会觉得困,还能骑着摩托车嗖嗖迎着风从五环外奔到二环内来上班。一边推着车往地下车库走一边握着手机打开WPS改剧本,大家都为他的敬业精神感到叹服。

关于陈辰的故事我听过无数个版本,有的说他北电毕业,系包贝尔的同学,有的说他换过无数个女朋友,每换一个就得砸一套房在人家手里,以至于现在这么会挣钱还是负债累累。当然,听得最多的版本还是他创业失败,从个体户投身到影视业的励志故事,他现在的上司是他从前的下属。

关于陈辰的故事有很多,随便拎几个出来都让我们这些平凡人和小透明心生敬畏。

2

我从文艺电影行业转到喜剧电影行业,大家都说我说话文绉绉的,文学气息太浓,不具画面感,不接地气,理解起来费劲。恰逢那段时间公司做喜剧网络电影为主,各种搞怪无厘头,毫无逻辑可言,我从一个被上司捧在手心里的职场新秀变成职场小透明了。巨大的落差让我变得沉默寡言,我只好温温吞吞地把自己手边的事做好,至于其他的,我从不多嘴。

和我一起进公司的是几个关系户,他们很会就建立了自己的社交圈,留下我自己形单影只,再加上我的上司是个东北人,东北人在职场特别喜欢抱团,且极具"男权思维",我和一个男生同时在他手底下工作,男生随便做点什么就能让他欢欣雀跃,而我这样的小女生,需付出比他多十倍的努力才能得到一丝丝认可。

那段时间我一直活在"没人称赞你,只要说错一次,就有人指责你,所以要宁默勿躁,宁拙毋巧"的焦虑和不自信里。
小范围的跨行越是遭受打压,我就越是沉默,后来索性被派到现场去和灯光师傅打交道了。灯光师傅每天睡不醒,顶着一头常年不洗的鸡窝头,还经常手抖按错程序,为此我没少背锅挨骂。
后来我透明到什么地步了呢?剧组一起订餐,经常会忘记给我订,我跟灯光师沟通完再下楼,休息室里只剩下一堆空饭盒。

他是唯一经常往三楼跑的人,他拍拍我的肩:"没事,有我在你不用有压力,错了我担着。"后来得知我经常吃不上饭,索性在工作结束后,大摇大摆领着我去别的组蹭饭吃。
那会儿录制在棚内,他从家里赶过来,偶尔问问我需不需要带食物,一来二去,我们偶尔会说上几句话。

陈辰特别有礼貌,很注重"交往边界"这回事,跟人相处既不会过分亲密,也不会疏离得让人不自在。

我们平时就这么有一搭没一搭地聊着，两个网络电影项目结束后，我觉得是时候调整职业方向了。一来作为团队里唯一的女同志，长期和一帮东北直男相处让我感到十分不适应，他们抠脚丫子、讲荤段子时，我手足无措眼神都不知往哪放，二来我觉得这不符合我的志向。

跟上司提离职的那会儿，我天真得不行，执拗得不行，为了证明自己还是有实力的，我把我过往的作品一摞摞打印出来，堆在他面前，我说我的个人道路可能和公司的发展方向不太符，我想去做点自己想做的，否则违背了我背井离乡来到一座全新城市的意义。

上司采取迂回政策，说："这样吧，你文笔这么好，公司刚接了两个纪录片项目，你去做纪录片吧，写写旁白串词什么的。"虽然我的直系上司并不看重我，但我的大 boss 总体而言对我还是不错的。

那就这样吧，反正我对于下一步也还没有明确的规划，走一步是一步。

3

我和陈辰第一次私下打交道是在一次电影首映会上，三年前我卖了一个剧本，剧本上了院线，我拿到邀请函，受邀来参加活动。说是受邀，其实连个合影的资格都没有，因为我是个枪手。制作公司生怕我一个不留神说漏嘴，让媒体和观众知道我才是真正的编剧。

我作为前来观影的人坐在观众席里，我坐立难安，先是伸出脑袋左顾右盼，后来索性站到了大屏幕前面。导演和编剧站在摄像机前夸夸而谈，满面春风,我在过道里把自己的姿态站成了一棵行道树,虽表面长青,但内在早已千疮百孔、七窍流血。

陈辰是监制的朋友,坐在第一排,一眼认出我,他走过来,好奇发问:"你怎么在这儿?"我无奈地笑笑:"我要是说这剧本是我写的你信吗?"
陈辰二话不说,拉起我的胳膊往台上走,大家正准备合影,编剧看到我脸色都变了。陈辰搂着我对监制说:"哥们儿,这姑娘是我女朋友,既然当初签保密协议了,我们今天肯定不是来闹事儿的,就是我岳父岳母吧,听说自己闺女写了院线电影给高兴坏了,冲她要合影,我们能站在角落里跟你们一块儿合个影吗?"

监制礼貌地让身后的制作团队让出两个位置,我们一块儿呲牙咧嘴冲着镜头比了两个傻气的剪刀手,那是我真正意义上的第一部作品。我拍了一张合影留念,海报前的我俩在大冬天笑得满面春风。
那晚我们一起去喝酒撸串,他给我讲他的创业故事,我跟他吐槽我的职场负能量,已经喝得七荤八素的他迷迷糊糊对我说:"现阶段的我们应该把精力专注在自己的作品上,不要想这些有的没的!"
喝趴下之前,他还补充了一句:"我看过你的简历,看过你拍的短片,你一定会变成第二个王家卫的!"

我把他扛回我的出租屋,丢在沙发上,然后径自坐在床头发呆。

4

从那天起，我也学着别人叫他二陈。二陈接了电影项目忙不过来的时候我去帮他写剧本，有时候是出主意，有时候是主笔。

他把我介绍给他的编剧朋友认识，逢人就说："这是我们公司在影视行业最具天赋的唯一的女编剧，只是别人没发现而已。"说完露出一个伯乐发现千里马式的憨笑。

我寻思，怎么办呢，牛逼既然已经替我吹下了，我就玩命写呗，怎么着也不能让他丢脸。

我们入驻了一家电影公司，成立了一间小型工作室。项目一开始，我俩在小工作室里没日没夜地死磕，他揣着一条新内裤和两套换洗衣服，就驻扎在那小沙发上了，里间唯一的木板床他让给了我，又找来不要的旧衣裳垫在底下。

意见不统一的时候两人开始吵，吵完他骑着摩托去南锣鼓巷溜达一圈，我躺在木板床上望着天花板发呆，呆发完了他拎着热气腾腾的小吃回来了，吃完我们调整思路继续说服彼此。

二陈做任何事都滴水不漏，是那种情商高且不露痕迹的滴水不漏，就是他对你好，可能也是为了推动项目更好地往前行进，但你丝毫不会觉得不舒服，因为他把你的感受考虑得太全面了。

最重要的是人品好得没话说，韧性好得不得了。他在公司怎么着也算是中层吧，公司开 party，座位主次分明，同为中层的另外一个项目负责人哂笑："哟，你坐这儿干什么？让一让去那边吧。"说着故意往老总身边蹭。那潜台词明显就是："你不配坐这儿，麻烦旁边站。"二陈和我都知道，这货野心大得很，经常背着老板查看公司员工的工资单，二陈这时候只要旁敲侧击在老总耳边点几句，保准对方下不来台。

二陈什么也没干，憨笑几声起身去拿甜点了，老总说："二陈呐，帮我也拿一块儿呗。"对方脸色十分不好看。

5

关于二陈的私生活，我几乎一无所知。他平时不提，也没人打听。尽管我是一个顽固的独身主义者，但有时候也禁不住想，如果能和二陈这样的人结婚，真是太幸运了。

两个人可以朝着共同的方向狂奔，且能一路扶持。今天你受挫了我安慰你拥抱你，明天你碰壁了我热饭热菜给你一个归宿。这在"no money 就 no honey"的大都市已经称得上是天作之合了。

只可惜，他已经有一个这样的人了。在一次剧本策划会上，聊到主人公内心的矛盾是不是复杂的时，他拿自己举例："我就是很矛盾啊，又想赚钱买房结婚，又想当艺术片导演。"

在聊到屌丝男士对嫁给土大款的前任女友的情感时，他又拿自己举例："我前女友就因为我没钱嫁给别人了，但那段感情肯定是美好的，你是不会怨恨她，毕竟人家在你身上付出了青春、精力和爱。"

所以二陈事业、爱情都有了，他后来也带来工作室几次，对方是一个娇小可爱的女导购，一口一个哥哥地叫他，席间贴心地给他倒热水、夹菜，二陈很受用，两人准备尽快结婚。

我们合作的新电影上映，他带着他女朋友去看，我在外地。我们定了同一场次不同城市的票，分别给对方录小视频。二陈啧啧感慨："我们总算也做了一件对得起自己的事了。"我秒回："那可不，陈导来日方长啊，多多指教。"二陈发来一个白眼："以后你再这么跟我说话你就去死。"

该怎么给二陈在我心中的位置下一个定义呢，说他是我在尘世遇到的唯一的璀璨星辰毫不为过。在认识他以前，无数人用血淋淋的现实教我如何成为一个油腻的成年人。我为此一直在饱受某种价值观的摧残。我觉得世界上有好多人是靠着"不善良""为了赚钱放弃原则""八面玲珑"活下来的。
我一直在纠结，如果我变成一个那样的人，是不是能过得更好，能更快地适应这个社会。

直到二陈出现，他告诉我原来钱还可以这么赚，油腻也多了一种新玩法，他用实际案例告诉我，人活着，最应该有的是善良、真诚和踏实。
二陈真是我见过最酷的成年人，我的心愿除了世界和平，还有一点就是希望二陈能同时拥有如花美眷和金银钱财。

任他去山高水远，他永远在我心间。

我记得我爱过

我知道在尘世生活很难,我了解什么是爱情,我也了解什么是生活,于是我一面赚钱养活自己,一面继续偷偷爱你。

1

C市有着全国最优秀的传媒资源,这里汇集了国内一线综艺节目制作团队。每年夏天,无数对传媒行业怀有虔诚信仰的人穿过大半个中国,来这里实习,削尖了脑袋只为谋求一个转正的名额。

我属于一腔热血型。我是个工科女,学生物学的,整个学生时代唯一和艺术近距离接触的机会无非就是学校的各大晚会,我写写不入流的剧本,演演不入流的戏,大家看个乐呵。

因为和大家一样,从小看着某个综艺节目长大,于是毕业了就想来这座城市闯荡,我下飞机刚打上车那天,司机扶了扶眼镜一副了然的微笑:"小姑娘是特意过来看明星的吧?"我不以为意。

我生存的环境说简单可简单，说复杂也复杂。在香水四溢的会议室里，大家通过观察你衣服鞋子的 logo 来判断你属于关系户还是实力派，再根据你的好掌控程度来决定是不是要和你站在同一阵营。

这是一个月薪六千却人人过得像年薪百万的圈子，大家每天在跟各种一线明星打交道，被尊称为某老师某导演某编剧，实际上除了总导演，其他人不过是一个微乎其微的电视民工。

这里没有共同的敌人，只有绝对的利益。同事与同事之间的关系微妙且不可描述，白天和你讨论奢侈品品牌与小鲜肉男星的姑娘，晚上在酒桌上可以眼睁睁看着你被上司摸大腿，她端着酒杯，扭着细腰，言笑晏晏地迈着小碎步过来，走到上司跟前作势踉跄一下，假装没看到手足无措的你。

陆子毅是这种环境中的一股清流，他接受艺人的烟从不会点头哈腰，至多不卑不亢淡淡地说上一句谢谢。

没人敢在他面前耍小心思，也没人敢跟他开不着边际的玩笑。即便大家暗地里看不起他，也不会在他面前表现出一分一毫。

毕竟，台里哪个员工会将一把仿真玩具枪揣兜里来上班？开会间隙还不时掏出来把玩一下，眼神里满是轻蔑。

虽然枪是假的，但起到的威慑作用还真不小。熟悉以后他还在我面前得意扬扬地说："愚蠢的人类啊，都贪生怕死极了。"

我们时常要一起对接工作，所以我有他的微信，粗略翻一翻他的朋友圈，不是在骂哪个明星耍大牌，就是在暗讽那些为了上位曲意逢迎的同行。

总之，他活得气哼哼的，像个不把世界放在眼里的 rock man，还动不动就把打打杀杀和生死挂在嘴边。

我总要禁不住怀疑，他发朋友圈肯定是分了组的，全台没有一个人敢像他这么"嚣张"，何况他也不是管理层，和我们一样是员工。

就这样，我对他充满了好奇。

2

存活在这样高压的环境下，需要一些自我安慰。因为每一天我都深处矛盾之中，夜里卸下一身疲惫回到家里，把高跟鞋往不到十平方米空间的地板上一甩，再把自己整个身体抛到床上，我就会想，拖着这箱行李滚回北方吧，像个 loser 那样落荒而逃。

可是第二天闹铃一响起来，我就又会对镜子比划着手势，告诫自己今天也是元气满满的一天，要穿上最得体的衣服，雄赳赳气昂昂出门去，要把虚伪的人类都斗垮。

我每天都在日记本里告诫自己，一定要当个好人，虽然没有钱没有自由没有爱情。但至少我像个人，有正直的思想、正义的头脑、正常的七情六欲。

陆子毅在录影棚捡到了我的日记本，于是我在他面前变成一个透明人。

我想恐吓他不准告诉别人，结果发现我根本不具备威胁他的资质和条件，于是很快颓唐地败下阵来。

我像个做了坏事却不敢收拾残局的小孩那样，小心翼翼地跟在他屁股后边，亦步亦趋，生怕他一个高兴或不高兴就把我的日记内容放在大会上朗读。

他被我跟得莫名其妙，眼神一挑："你到底想干吗？"我伸伸手指努努嘴，

"能不能把这个还给我,还有,替我保密。"

他像飞飞碟那样把本子飞过来,满身的痞气,然后转身钻进了导播间。那一刻我多么希望我的鼻子是假的,这样被他砸塌了的话,我就好以此作为条件来要挟他了。

如果说"这个人好奇怪啊"是我对他的第一印象,那我对他的第二印象就是"这个人真暴力,而且没有风度"!

那晚凌晨三四点,各个技术工种的老师都回酒店休息了,我回录影棚拿落下的钢笔,路过舞台,看到他坐在舞台通往观众席的台阶上抽烟,手边是一打啤酒。

孤零零的顶光洒在他周身,他身上有着和我一样的落寞和颓丧。我鬼使神差走过去,他像变戏法般从背包里掏出一罐菠萝啤递给我,说:"小孩子喝这个。"

那夜我们坐了整整两小时,沉默相对,四顾无言。离开棚里之前,他冲我高深莫测地笑,半晌过后,他戏谑地说了一句:"你真有意思。"

很久以后我才明白,"你真有意思"等于"你跟这里的人真不一样,别人都在削尖了脑袋往上挤,你却还顾及人该不该善良,善良顶什么用"。

"我跟别人不一样"是我和陆子毅这段交往里,他对我最大最无用的谬赞。

我多希望这是整个世界对我的一种误解。这样我就能成为一个八面玲珑、如鱼得水的"圈内人",永远留在他身边。

3

陆子毅的小时候过得苦哈哈的,小时候被霸凌,长大了在外面像个小混混般飘荡,没少尝到生活的真滋味。按道理来说应该最懂得察言观色乃至攀炎附势,却依旧负隅顽抗。

只是他的确比以前温柔了,听说以前有女孩子冲他笑,他会直接叫人家去死,炎热的夏天身边有人打死一只蚊子,他为此也要跟人大打出手。他的妈妈经常接到各式各样的恐吓电话,内容全是关于说她儿子有病,需要好好治疗的。

他妈知道源头在哪,这个世界没善待过他,他想报复。

他的上司也是我的上司,把他拉进现在这个工作环境里的就是那个上司,上司改造了他,挖掘了他的潜能,让大家知道他在创作方面天赋异禀,让他变得更温柔。

所以,很多时候,陆子毅即便知道上司有时候是在利用他,他却还是欣然接受,接受吃亏。从来没有人对他好过,突然有人对他好了,他一定是比别的人更懂得知恩图报的。

他写台本的时候,东西有时候也会被删掉,他心里怨声载道,但从不表现出来。不得已的时候,才会随口提上那么一两句。他被别人否定,他只会先心高气傲地在心里暗暗嗤之以鼻,然后整夜整夜把自己关在房间自己琢磨。

他从不主动攀附别人,包括他的领导,但每次对待工作,他总是最认真的那一个。别人开会都爱迟到,他从不迟到,并且还会在心里生气,觉得不守时的人是在浪费大家时间。

这些都是我自己观察到的，偶尔也从半夜收工后和他交流的只言片语里得到。我的记忆力非常差，只好每夜回去以后将这一切细枝末节记在日记本上，好供来年回忆。

关于他停留在我记忆中最深刻的两个点，都源自工作。

一次大家一起改编一个歌舞剧，组里擅长写歌的人寥寥无几，只好一帮人聚在一起死磕。
中途老大江郎才尽，突然Q了一下陆子毅。他其实完全不懂五线谱，但也只好硬着头皮上。我别的不会，对这个正好略知一二。我凑过去准备问他要不要帮忙的时候，我看到他默不作声地坐到电脑前，冥思苦想了一会，打开电脑桌面上的音乐播放器，拿出纸笔，用画小木棍的方式代替一个个音符，再用数数字的方式一字一句把词填进去。争取做到音符和词一一对应。
若不是在那样的情境下，看到三十好几的大男人用如此愚笨的方式来工作，我一定毫不留情地嘲笑他。但他不一样，他就是一个做每件事都很较真，生活得极其用力的人。

在台上做综艺节目，如果你想要客串一个角色，只需要当一名憨态可掬的宠物就算合格。这个宠物负责逗人发笑。
在台下，你是饲养宠物的饲养员，负责把他们的憨态可掬包装出来，发挥到极致。每个挑灯夜战写台本的人都希望，台本最终呈现出来，自己能博得一个客串角色。

为此大家都沦为了一名合格的宠物，只有他像个人。

一次他要充当"背景板"，饰演一只鸵鸟。节目组的导演嫌他演得太过用力，导致那只鸵鸟过于悲伤，在观众看来并不讨喜，于是建议他换个戏路。其实明眼人都知道，鸵鸟带着头套，穿着笨重的道具服，观众除了肢体根本看不到他的脸色，甚至连眼神，如果不细细捕捉，也是难以觉察的。大概就是平时他太过张狂，别人终于逮到了为难他的机会。

午饭间隙，所有工种的人拥堵在餐厅吃饭，他抓了寥寥几口就独自走出去。追出去的时候我发现他蹲在餐厅门口反复练习那仅有的两句台词。他比画着手脚，努力调整自己说话的神情。
他看起来专注又敬业，那一刻烈日当空，我感觉他额头上的汗都闪着光。

节目正式录制的那天晚上，情景剧的最后一幕，是他扮演的鸵鸟躺在地上，奄奄一息独自面对死亡，他仰望苍穹，看到一线希望。
他躺在地板上，眼睛坚持着一眨不眨，我在侧台看着他，他眼里有泪花，也许是眼睛瞪得太过用力，也许是那一刻他变成了那只鸵鸟，当大屏幕上的树木倒下时，他感到由衷地难过。

其实，没有人会去在意他是否会真的睁大双眼吧，摄像师傅也不会特意给他一个镜头，但他自己非常在意。
就是在那个瞬间，我确信我爱上了他。不，与其说我爱他，不如说我也爱爱他的那个我，不计较不算计不钻营，不急功近利，甚至毫无欲望不求结果。因为，我连跟他上床的欲望都没有。我也并没有多么希望他知晓，我正爱着他。

4

从那以后我每天工作都充满动力，甚至会早起一会儿，在他办公的地方放一份早餐。他从来没在意过是谁放的，拿起来就吃。也许他知道是我，谁知道呢。

我也会开始努力表现自己了，更多的不是为了证明自己，而是为了得到他的认可。如果我的东西交上去，他也满意地点头，我就能偷偷开心一整天。真奇怪，我只希望在他面前成为一个有用的人。

我也会开始化好妆，去一些饭局。我学着打王者荣耀，为了跟同事们更有共同话题。三个月以后，我顺利地转正了，但是薪资很低。我还是没能换一个好一些的住所。

一个季度的节目结束后，很快我就因为肆意熬夜透支身体而病倒了。医保没能如期报销，从牙缝里攒出来的钱，一下子献给了医院。我当然不敢告诉父母我生病了，他们本来也不赞成我做这份工作，而且跑这么远。

我换了一个更便宜的房子。中途我爸爸无数次给我打电话，劝我顺从他们打点好的关系，去当地的一家生物环境工程研究所。

工作又变得不顺心起来，这是一个不容许你打盹的圈子，即便是身体垮掉了，除了礼貌客气的问候，也没人会真的在意你。你倒下了，同事少了一个人跟他争宠,下级有了表现自己的机会,上级去挖掘更有能力的新人了。何况,我当时在这个行业,能力并不突出。我开始想设法赚外快,在这样一个新的环境,人脉几乎为零,我能做点什么呢?

我浏览各大招聘网站,捕捉兼职信息。我看到一条招网文写手的帖子,上面明确写着不需要文笔,字数多就行。我加编辑微信,他给我发样文,的确不太需要文笔,是网文中非常 low 的那一种,通篇流水账,植入了大量的"软色情"。

那段时间听来的黄段子终于派上了用场。夜里我拉上窗帘关掉灯,匍匐在小电脑桌前写完了一本又一本"低俗小说",白天再若无其事地去上班。当时我写了些什么,现在早已记不清了。

我又在这座城市多挨了几个月,尽管我仍旧没找到热爱它的理由,重新寻找热爱它的道路又很难走,但每天白天能看到陆子毅,心里倒也挺美。

他不经意间对我开的一个小玩笑,我能乐呵好几天。

可惜啊,我最终还是没能进入这个行业,因为我爸突然打电话来,说我妈妈的眼睛出了一些小问题,起初我不以为意,我觉得兴许是他们太想让我回老家了。后来跟我表姐聊天,我表姐说我妈妈的眼睛很快会慢慢看不见。"也许她是想抓紧一切时间多看你几眼吧。"这句话很快让我溃不成军。

我辞职了,办离职手续的那天是周五,路过办公室,我看到他斜靠在沙发上聊新项目。我把日记本留在了他办公桌上。

回去以后我如家里人所愿进入生物环境工程研究院，那里的同事们都埋头做研究写报告，开发新项目，大家一派和气。我时常想起陆子毅的脸，以及和他息息相关的那段生活。

他大概已经知道了，我曾像研究动物园里极具观赏性的猴子那样仔仔细细地研究过他，但那都不重要了。总之，我就像个跑错电影场次的观众，看了一场花花绿绿充满新奇的好戏，却不是我原本想看的那个。

可我那时候总觉得，爱是尘世唯一的幻想，是唯独不以功利心计算目的的存在，是辛苦付出却不求回报，是得不到就愿赌服输。

罢了罢了，我接受，全部的失败，全部的空酒瓶子和空空的钱夹子，接受在这场人和人的战争里，我除了爱你一无所得。

陆子毅，既然命运从我的身体中拿走了你，往后关于你的一切，我也只好绝口不提。

失恋 1095 天

我幻想一觉醒来你还会冲我笑,像我们第一次见面那样。

1

老孟是我身边所有朋友里作息最规律、生活方式最健康的一个,晚 10 点睡,早 5 点起,跑步,爬山,饮食清淡,晕肉。三十好几的他在一家证券公司上班,国内数一数二的企业,月薪 45000 左右,每月房租 5500,未婚,对小姑娘很绅士且体贴。

这是现在的老孟,当年我们刚认识那会儿他可不这样。

第一回见面是他失恋的第一个 365 天,他独自一人坐在酒吧角落里哭,那天是 12 月 31 日,我也刚失恋,前任劈腿闺蜜,我随便买了一张票去异地跨年。酒吧里人潮汹涌,驻唱歌手唱了一首《已是两条路上的人》,狂欢的年轻人们瞬间停止躁动,转而不耐烦地挥手:"搞什么啊,换歌换歌!"

主唱只唱了几句而已,我就看到老孟一个人坐在角落里抹眼泪。他的脸部表情很平静,只是不断抬手擦拭眼眶。我坐过去,把两杯酒放下,他不说话,起身走开。

第二次见面是他失恋的第二个 365 天。上海的一次马拉松上,他穿着跑鞋和运动服,整个人显得年轻又有活力,我一眼认出他,比赛结束后我们一起吃饭,去看电影。

片子是《失恋 33 天》,黄小仙喝醉了酒追着前男友的车跑过好几条街,念了一大堆台词,大意是说前路太险恶,世上只有你是给我最多安全感的伴侣,我不要自尊了,你可不可以不要放弃我?

那是老孟第二次在我面前哭。他说,有时候想想,在爱情面前,自尊简直不堪一击。

说到老孟的故事,或许不过是千千万万里最俗气的那个。但的确引发了我许多关于爱的思考。比如,我们为什么往往不能和毕生所爱共度一生?比如,受到伤害会不会影响我们的婚恋观?再比如,最爱的和爱自己的我们到底选哪个?

2

可能因为老孟两次在我面前哭我都没有给他递纸巾,所以再见面的时候,已经是他失恋的第三个 365 天了。他有了新女朋友。当然了,这是玩笑话。事实是后来我回深圳换了一份朝九晚五的工作,很少出门旅行,也几乎不再跑步。

偶尔我们发发微信，闲聊几句，说说彼此的近况。两年后我工作调动，突然从南方跑到了北方，巨大的地域差异让我很不适应，头半年除了工作几乎不出门社交，也没有什么朋友。

一个休息日，老孟给我发来微信，说他送了一个人离开北京。
——是朋友吗？
——不是。
——那就是女朋友？
——也不是，是前女友的朋友。
隔着空气，我感觉气氛有些沉默。半晌，他说，你要不要来我附近逛逛。我应允。

他住在北大附近，我坐两个小时地铁过去看他，他领我逛颐和园。我到的时候他刚见完客户回来，穿西装打领带，全然一副成功人士的派头。他的状态看起来没有太多变化，倒是身上多了几分淡然，情绪不像以前那般外露了。做事风格淡淡的，说话语气淡淡的，看不出悲喜。
话匣子怎么打开的我记不清了，总之话题突然开始沉重起来，老孟提起他的那两次眼泪，提起失恋。他说，不和你见面的这三年，我谈了不下 30 个女朋友，平均不到两个月换一个。

3

老孟的前女友是他的青梅竹马，初中时老孟揪着她的辫子要作业来抄，考试时两人一前一后，她迅速写完自己的试卷，再把老孟的换过来刷刷写完。

高中她成绩太好，直接跳级，比老孟先一步走进大学校园，再加上她比老孟大两岁，她总说自己在跟一个小朋友谈恋爱。不过学生时代纯纯的恋爱真好啊，高三那年，老孟吃两个月泡面把零花钱攒下来，捧着一大束玫瑰花坐绿皮火车去北京看她，一到站女友拽着自己的妈妈来接他，老孟捧着一束快枯萎的玫瑰花，带着一身异味，就这么稀里糊涂地和未来丈母娘打了第一次照面。

那次见面两人连手都没拉着，老孟耷拉着脑袋回去做题了，走的时候呲牙咧嘴冲着她傻笑，还不忘了说一句"阿姨下次再见"。

接下来老孟终于考上了北京的大学，上到大二的时候她已经毕业了。老孟寻思不能让她一个人住外边，一咬牙拿出自己每个月的生活费在外边租了一个小房子。房子很破，在北京偏远的郊区，要走到两公里开外才能搭到公交车。当时这个小房间已是老孟能给的全部。

她八点上班，老孟四点半起来，做好早餐，送她出门坐车。送完她再去上课。老孟骑车带着她，自行车是废品店买来的二手车，后面的座椅都生锈了。老孟自己找来布，里面塞上棉花，绑在座椅上。
爬坡的时候两人一路哼着歌，也没觉得日子有多苦，都觉得未来一切会好。未来的确在朝着一个更好的方向发展，老孟毕业有了工作，虽然还是面积差不多的小房间，而且是地下室，不过总算从五环外搬到了五环内。

证券公司新人薪水微薄，老孟身边多的是一月薪水两三千却要买八千块鞋子的北京姑娘，同事身边的女朋友换了又换，一个个下巴比削过的还尖。

每每同事聚会，她猫着腰跻身进小厨房洗手做羹汤，大家都羡慕老孟有个田螺姑娘。

一眨眼老孟 27 了，对方也马上奔三了。老孟的薪水还停留在两千多块，她偶尔指着路边一排排正在施工的房子对老孟说，要是以后那里头有一盏灯是为我们两个而亮就好了。

除了本职工作，老孟最大的本事就是跑步厉害，于是开始去跑马拉松。那会儿马拉松还是中产阶级的一种健康生活方式和消遣，大家都奔着陶冶情操去的。只有老孟，是冲着钱去的。

毕业后那两年，除了工作，老孟跑了不少城市，拿回来不少奖金和奖杯，倒也攒了一点钱。不过不顺遂的是，这钱很快就一次性花出去了。因为老孟骨折了。

骨折就得躺医院，而且也没法工作。腿还没完全好，老孟为了省医疗费从医院搬回家里住，田螺姑娘一边工作一边照顾她。中间准岳母来过两次，看看家里的光景，再看看躺在床上的老孟，头发都急白不少。

姑娘年纪也不小了，家里开始施压了，姑娘背着老孟，打扮得精精神神的，去见京城里那些所谓的公子哥和成功人士。晚上回来躺在老孟身边，帮他按摩，帮他活动筋骨，话很少。

老孟从不问田螺姑娘去哪了，后来腿脚稍微利索点，能下床了，他做好晚饭在家里等她，用仅剩的存款买了一枚素圈，从楼下超市带回来一瓶 30 块的劣质红酒，倒进茶杯里。老孟自认为完美，他从前不喜欢这些仪式感满满的东西，现在做起来感觉还不赖。

但爱情有时候真不是谁先出手谁就赢，心狠点的甚至能招招毙命。田螺姑娘说："老孟你真挺好的，这辈子可能再也遇不到像你对我这么好的人了，但还是算了吧，真挺没劲的，不想耗了，快老了。"
田螺姑娘走了，素圈还藏在运动裤的口袋里没来得及拿出来，劣质红酒挥发在空气里，涩得人眼睛发红。

4

失恋第一年，老孟腿脚不利索，还像个游魂似的在北京城飘荡，扛着一件啤酒去家附近的公园一坐就坐到凌晨两三点是常有的事，回家以后也不睡觉，一边听收音机一边眼含热泪给田螺姑娘写信。

有时下班了不想回家，坐着地铁满北京跑，因为分手之后不知道田螺姑娘搬去哪了，好不容易从朋友那打听到住址，老孟站人家楼下声嘶力竭地吼心里情真意切的真情告白，对方却拉上帘子把灯关了。老孟坐在楼下小区的花坛边犹如一只等待主人把自己找回去的流浪狗。

他忘了自己的身份，他的主人早就不要他了。所以他才要流浪。
这一年两人断断续续的，总也没分彻底，偶尔田螺姑娘也心软，把老孟送回去，再在他那儿住上两天，她绝口不提和好的事儿，老孟也不敢开口。就这么持续了好多回。

田螺姑娘突然又消失了，老孟又开始翻遍北京城，去单位楼下蹲点，悄悄跟踪人家才找到她的住处。那会儿田螺姑娘已经住进了市中心宽敞阔气的新房子。

两人一前一后走到小区门口，老孟被拦在外边，眼睁睁看着她的背影消失在视线里。老孟颓丧极了，突然姑娘转头回来，把他领进了房子里。

姑娘什么也没说，只是倒了一杯水，转身进了卧室。再出来的时候，她摆了三样东西在餐桌上：一张结婚证件照、一个北京户口本和一张房产证。

老孟刚拿起水杯的手突然不知道该往哪里放，他只好豪气如饮酒般将手中的热水一饮而尽。

水太热了，把老孟的眼泪活生生烫出来了。据说真是被水烫出来的，他说热泪的温度应该是超过了那杯热水。

老孟觉得还是一开始就选择当流浪狗好，丧家之犬的滋味更不好受。那一刻田螺姑娘什么话都不用说，老孟也明白她的意思了。老孟输得狼狈而彻底，但他还是垂死挣扎了一下，他把挂在脖子上的那枚素圈取下来，轻轻放在了桌上，田螺姑娘头都没抬。

老孟如同癫痫发作，浑身颤抖抽抽着走出门进了电梯。

失恋第二年，两人再没联系过了。老孟开始学着面对独自一个人的生活。从前生活都是围着田螺姑娘转的，社交圈、私生活里都充斥着姑娘的气息。平时都是两人一块儿吃饭睡觉，如今孤零零一个人。

那年家里床上都还是两个枕头，鞋架上两双居家拖鞋，衣柜里两身睡衣，桌子上两副碗筷，老孟一边吃一边看着桌对面空空的碗筷，又开始抹眼泪。这场面如今想想还怪瘆人的。

每当有人敲门却不说话的时候,他总以为她回来了。其实她已经嫁人了,并且正在备孕。

说来也巧,那一年证券公司原本要升职的关系户回家嫁人了,好事落到老孟头上。基于他的业绩一直不错,升职是早晚的事,但关系户要是不走,老孟也还得熬几年。
薪资涨了,老孟反倒又开始重新跑步,只不过这一次不是为了钱,因为他终于变成了靠跑步消遣的中产阶级。

日子不咸不淡地过着,身边也开始有人为老孟的终身大事发愁了,家里也托亲朋好友给他介绍对象。老孟一开始懒得理会,被逼得紧了就一个个见面,周末被约会塞得满满当当,有的吃几回饭看几次电影就黄了,遇到顺眼的接触几个星期、几个月,最长的也就半年。最后都不了了之。
那些姑娘有的眼睛长在头顶上,话里话外透着浓浓的北京人儿的优越感;有的是90后的小姑娘,漂漂亮亮不想工作就想找人养着自己;有的第一回见面就管他借钱;有的除了不爱做饭也没什么毛病,他又嫌人家太粘人。
总之他是越来越懒得去费心经营一段感情了,倒是成了恋爱里的最佳捕手。

失恋第三年,女朋友换了不少,觉得恋爱没什么意思,老孟迷上自驾游,在途中谈了一份稳定的恋爱。

5

现女友是老孟在自驾游去新疆途中认识的,对方标准的南方姑娘,脾气好得不像话。六个人一起结伴旅行，分歧在所难免，吃什么住哪里，意见很难统一。每当询问她的意见，她总说我随意，你们开心就好。路途中她备了常用药和防灾害物品，包包如同哆啦A梦的口袋。

旅行结束后两人经常聊天，对方一开始经常询问他关于跑步健身有什么注意事项，后来演变到逛商场看到好看的衣服买给他，听到喜欢的歌要分享给他。老孟跑步弄伤了腰，对方请假从深圳飞到北京，照顾他直到他可以下床弯腰。

老孟说，姑娘都已经做到这个份儿上了，那就在一起吧。接下来一切进展很顺利，两人异地恋，两个月见一次面，已经见过双方父母。

失恋第三年，整整1095天，我还单着，老孟感情进展一切顺利。我说："挺好啊老孟，你很爱她吧？"

他的回答有些出乎我意料："她很爱我。"我说："所以你准备结婚了吗？找一个最爱自己的人。"

我说："那你到底爱不爱她？"老孟拍拍我的头："小姑娘你太执拗了，我们这辈子要想在感情里过得好一些，应当是找一个爱我们的懂得迁就我们的人过一生。"

我说："凭什么人家姑娘好好的就要接受一份'迁就的爱'呢，你居然因为人家对你好你就选择爱她？她招谁惹谁了？"

老孟回答得理所当然："可是我们最后都要这样过一生啊。她年纪也老大不小了，我跟她谈恋爱对她很好，对她父母也很好，条件也不差，适合结婚，两个人相处得很舒服。我性子急,她性子慢,我粗线条,她细致体贴,多互补。"我暗自嘟囔:当年你爱田螺姑娘爱得死去活来的时候,你可不是急性子,也没有粗线条。

他说:"你还年轻,没有过那种感觉,就是这辈子只要不是跟这个人在一块儿,跟其余随便哪个人共度一生都一个样。"
我还是没法认同,但我选择尊重他。我内心甚至暗暗希望,有一天能听到他对我说:"我爱上她了,不是一定要令我们感到刻骨铭心痛彻心扉才叫真的爱,平淡生活里持久深远的陪伴也是。在一蔬一饭里,我改变了对爱的看法。"

《失恋33天》里那么多关于爱情一针见血又伤感的台词,我最喜欢的还是那句:无论你受过多少伤,总有一个人会让你再次相信爱情,哪怕是最后一次。

愿我们永远不会丧失爱的能力,这个人中途离席了,还有下一个在路上等着和你相遇。

第 三 部 分

且 行 且 歌

P109—160

> 我不是天生的冒险家，
> 只是对象是你，
> 我以为，我会一直一直这么喜欢你，
> 一次又一次为你纵身跳下跳崖。

双标爱情

你知道你有多贪心吗？我们不认识的时候，你希望能有机会跟我搭讪；
你搭讪成功之后，你希望我们成为好朋友；我们成为好朋友之后，你希望我喜欢你；
我喜欢上你之后，你希望我成为你男朋友并且爱你；
我爱上你之后呢，你希望我只爱你一个。

1

我从来没见过像付佳这样的男人，永远骂骂咧咧，永远理直气壮。上一秒明艳动人，下一秒暗黑颓唐。变天有雷声提示，他变脸全凭运气。

我们在一个工作会议上认识的。认识不到十天他突然发微信叫我去他家，在半夜一点多。

他住的地方在偏远的郊区，楼道里的灯坏了，漆黑一片。
我好不容易爬上七楼，楼梯正对面有一扇虚掩着的门，我正踟蹰着要不要进去。下一秒，门刹那间被拉开，一把长枪隔着不到五米的距离对准了我的眉心。

付佳穿着人字拖在他家客厅中央阴阳怪气地手舞足蹈:"欢迎来到人体器官贩卖中心。"

那会儿我还不知道付佳生来就是这么野的性子,小心翼翼地跟着他往卧室里走。卧室里的音响放着《爱在罗马》里的一首曲子,是 El Pasador 的《Amada Mia, Amore Mio》。曲子太有辨识度,但他还是有些洋洋得意地问我:"听过这首歌吗?"

我快速说出那句令我印象深刻且极具讽刺意味的电影台词:"人们往往对生活不满,这无关乎他是个富有的名人,还是个默默无闻的穷人。但是这两者间,还是成为富有的名人要好得多……"他语气轻佻:"记性还挺不错。"临了又补充一句,"这是我毕业大戏时候用的背景音乐。"

付佳是个 80 后,也就是说,他的毕业大戏已经距离现在过去好多年了,我猜想他是个怀旧的人。

寒暄不到十分钟我们进入主题,他叫我去他家给他编段子,这是比起举枪迎接我更令我惊讶的事。他说新接的项目有一个选手节目组设计的形象是风趣,所以要给他写好多原创段子。

"你半夜叫一个出版社编辑来你家编段子?我的老本行可不是这个,你叫我写写文案还凑合。"

他回答得理直气壮:"我老本行也不是这个啊,我可是一个演员。"我看着他凹好的造型干瞪眼:"你们公司那么多女同事,又是做综艺节目的,你叫她们不是效率高得多。"

"她们都是正常人,不敢来我家的。"
"我也是一个正常人!"
"你不是,你跟我一样,是个诗人。"

后来我才知道,付佳眼里所谓的"诗人",就是一个不具备正常逻辑的人,他们总会干一些旁人无法理解的事。在付佳眼里,我也是一个神经病。
在我们互加微信好友之后,他翻遍我的朋友圈,看完了我写的所有闲散文字和现代诗,便笃定我跟他一样,是一个"非正常人"。

他把"见字如面"践行得太彻底太深入了,通过文字便认定我们气息相近。我向来不喜欢这种没来由的认同感,但我竟被动接受了。
事实是,在此之前,我也翻遍了他的朋友圈,我甚至连他八年前写的博客都看完了。之所以他大半夜叫我我敢去,我想我也是通过文字对这个人产生了一种认同感。

在我去他家以前,我和他是完全没有交情的。那晚我们没写出多少段子,倒是聊了不少跟工作无关的话题。他说他从演员变成了真人秀编剧,他说他的梦想其实是出一本诗集。后来我们频繁地在一起相处,喝酒吃夜宵,彻夜长谈。

每次我们相处的时间点都是半夜,偶尔我充满防备地问他,也问我自己:

"我们为什么老是半夜的时候待在一块儿,而且还聊这么多有的没的。"
我不知道他是刻意还是无意忽略了我的前半句,所以只给出了后半句的答案,而且是一句玩笑话。他说:"因为我想出一本诗集呀,全世界只有你能帮我。"

我们总是半夜出现在对方的世界里,这也直接导致了后来我们的关系的确像是深不可测的黑夜一般,从未见过光。两个成年人总是肆无忌惮地进入对方的私人领地,可想而知,结果一定是会擦枪走火的。
我第一次跟男人上床,他第一次碰到第一次跟男人上床的女人。这话太绕了,就像我们的关系一样绕。

2

付佳三十好几了,却只交过一个女朋友,还是在许多年以前。对方同时跟十几个男人谈恋爱,付佳是其中一个。我清楚地知道他们相处的每一个细节,付佳从不屑在这件事上撒谎。

那个女孩曾经也是一个演员,短发,高高瘦瘦,模样很清秀,从前经常住在他家,但每次都只住一两天,接到一个电话就行色匆匆地走了。
付佳去内蒙拍戏,对方说想念他,付佳翘掉剧组就飞回北京。那时付佳还是个群演,每月薪水不过三千块,借钱也要拿给对方花。一次去朋友家聚餐,付佳拍了一张合影发微博秀恩爱,很快四五个男人私信找上门来。付佳也就发现了她的秘密。

付佳挽留她,说:"只要你肯留在我身边,你要同时爱几个人都行,我对你还不够好吗?"对方不留余地:"我不需要你对我好,你对我好有什么用,人都是贪得无厌的,你今天想要我留在你身边,明天是不是想让我为你做家务生孩子?"

付佳几乎是咬牙切齿讲完这个故事的,他们后来再没联系过。但爱人留在身体里的印记,并不会轻易被时间消磨。我们每爱上一个人,都不过似有若无地在复刻上一个爱情观。

比如付佳从来不会想要确立我们之间的男女关系,比如他会问我:"你是不是其实也有好多个男朋友?"比如他还听陈粒的歌。

陈粒的歌就是那个女孩推荐给他的,他一直关注着陈粒的动向,第一张专辑《如也》出来的时候,我送了他一张。他几乎每天都在听《易燃易爆炸》,当他发现我也很喜欢陈粒的时候下意识说了一句:"其实你们两个有些地方真的太像了。"

我打心眼里讨厌这种比较,不仅因为我心里没有可以拿来跟他作对比的男人,还因为我想独占他那颗看起来"特立独行"的心脏。于是我当下就怼他:"我跟她才不一样呢,我永远不可能同时爱那么多人。"

付佳经常给我放《易燃易爆炸》,哪怕后来陈粒发了很多新歌,期间我和他一直保持某种亲密却又不确切的关系。我们也会争论,到底是不是每个人都像歌里描述的那个人一样,双标且贪婪,他坚持认为是,我说他是吃不到葡萄说葡萄酸，世界上愿意包容爱人的人多了去了。

付佳不以为然，他告诉我，每对情侣都是因为不肯降低对对方的期待和标准才分手的。那时我是断然不认同这句话的，但后来越是靠近付佳，这句话越是狠狠地一次又一次打痛我的脸。

一面雷厉风行，一面情深缱绻的付佳是吸引我的，他总是夜里不睡觉，第二天再状态饱满地去工作；他从不让我认识他的朋友，偶尔我偷偷观察他和朋友相处的状态，跟我看到的他完全不一样。

在我这里，付佳是个杀人不眨眼、骂人不喘气的主儿，可在别人面前，他连走路都小心翼翼。我曾经问他，他眼中最浪漫的事情是什么，他说是和爱人一起杀人再一起被警察追杀，某天我去看他录节目，嘉宾在现场求婚，几句俗不可耐的对白下来，我隐约在他眼里看到闪烁的泪光。

这一切对我而言都太不可思议了。究竟哪个才是他？他怎么会这么虚伪？我开始试图辨别哪一个才是真的他，开始想在他这里得到更多。

爱，或其他。

3

我开始若有若无地将我们的感情挪到白天来，挪到日光下来，这引起了他的不适。

我去他公司看他,他语气极其冷淡,甚至刻意规避我的肢体接触。我简直怀疑眼前的付佳跟那个穿着内裤在我眼前晃来晃去,放了屁抓在手心里塞到我鼻子底下来闻的男人是两个人。

我委婉地表达希望更亲近他,只差没有直接说"我想做你女朋友",他还在为我突然出现在他公司而不满,我们不欢而散。

冷战了一个星期,他外婆生病了,妈妈来北京照顾老人。得知这个消息的时候我在逛超市,刚把买到的榨汁机装进纸盒里。上次一起去吃火锅,他竟然点了番茄锅底,还点了番茄汁和新鲜番茄,我打趣道:"原来付老师也会养生啊。"

他说:"每天熬夜,总感觉喝了新鲜的番茄汁能多活几天。"逛超市的时候看到榨汁机,我无比自然地联想到这句话,身体比大脑快一步做出反应,直接买了。挑了一些水果,准备去看望老人。

打车到他家楼底下,他说他在加班。把东西放在门口准备偷偷溜掉,担心被外人拿走,于是我试探性敲了敲门,他妈妈看起来既年轻又漂亮,眼神里对我有掩饰不住的探究。我听到阿姨悄悄给付佳打电话:"这小姑娘是谁啊?"语气里满是好奇和关切。

但付佳不乐意了,他大声质问我:"你是不是非把我的家人吵醒不可?"我觉得既委屈又好笑。我想对他好,但他居然拒绝我的靠近,我不明白世界上为什么会有这么奇怪的人,于是我气不打一处来:"我以后再也不会去你家了。"

微信删除,电话拉黑。我内心暗示自己,我讨厌他,但夜里还是会想起他,想起他在我面前肆无忌惮的样子,仿佛世界在他面前毫无重量。

每当我受不了付佳神叨叨的时候,我都会想,当初我是不是就是被他的这种"神叨叨"吸引了才爱上他的,他抗拒亲密关系,我也并没有好到哪里去。

爱是一把如此实在的双刃剑。

你喜欢外向,就得接受闹腾;你喜欢清纯,就得接受幼稚;你喜欢理性,就得接受算计;你喜欢勇敢,就得接受莽撞。有一天对方既清纯又理性,你也要随着这种改变切换自如。过去我一直认为这是盲从,可谁叫你被这些特质所吸引呢。

年轻人不就是要这样勇敢地去爱去失去吗,不被规则束缚,痛苦、失去、爱才是年轻的力量。像那头恋爱中的犀牛,去领悟心痛,再在死水微澜后重整旗鼓。

我又浩浩荡荡地上路了。过去我是太过爱憎分明的人,一切认死理,能占理的部分绝不退让半分,爱与不爱之间有一条明确的界限。但什么是爱呢,天长地久的是,转瞬即逝的就不是吗。

我太贪心了，既想当他的肉体伴侣，了解他从不示人的下半身，又想当他的精神伴侣，知晓他未曾开口的下半句。

无法克服对爱情的贪念，永远都只能是《易燃易爆炸》里的"双标狗"。

在爱里，我们每个人都是双标狗。你看，此刻我提着便当站在他家门口，他举着枪迎接我，像我们第一次见面那样。

为你千千万万遍

我看着赵琰站在沼泽中央,下沉,浮起,再下沉,去探爱的底线和时间的尽头。然而爱没有底线,时间也没有尽头。

初次听到陈粒的声音是在不太遥远的 2015 年,她发行了第一张正式的专辑《如也》。整张专辑的风格我都很喜欢,如果一定要挑出最喜欢的两首,那就是《历历万乡》和《绝对占有,相对自由》。

《历历万乡》是陈南西为粒粒描述的万乡,《绝对占有,相对自由》是每一个情到深处的人都渴望实现的状态。

写这歌和爱这歌的人大抵都符合以下两个条件:一是爱得太过深入骨髓,二是敢直面自己赤裸的欲望。"绝对占有"中包含着极度自私的独占,"相对自由"里囊括了大气辽阔和愿为爱人生生世世挫骨扬灰的决心。

陈粒是如此浓郁地爱过一个人的,那个人就是祝星。那时候,她的微博里十条有八条是关于祝星的，另外两条关于专辑和音乐。

陈粒给祝星写了很多情话，下笔成歌，冠之汝名。她说，我终于写出了一首接近自己喜欢的歌，我要请你吃宵夜，送你回家；她说，字字温柔字字坚决地唱你；她说，有了祝星我不光能写现在的歌，我还能把未来的歌都写了。

她还说："但我现在眼里只有祝星，她开阔，我这儿就敞亮，她低落，我眼前就暗阖，她是我，我不是我。"

所以她在《绝对占有，相对自由》里说"让我占有你，在你最好的年纪"，说"要陪你上岸，别的都不管"，说"想泡你在福尔马林里盯着你意淫"。

1

赵琰喜欢陈粒，子楠也是。赵琰曾跟子楠打赌说，陈粒和祝星这辈子都不会分开的。

只可惜，她的愿望落空了。祝星出国，二人分手。日后陈粒所有的演出现场，再无 PPT 小妹，陈粒也再没光着脚唱过歌。后来祝星飞回来看陈粒演出，她说："你站在人群中央，我在台下看着你，只有我知道你虽身着正装，却穿着小熊袜子。"

再后来，陈粒说再也不唱《祝星》了，大家在自己的生活里偷偷地替她们怀念这段爱情。乐迷惋惜，惋惜寄托在别人身上的梦想终究还是没有成真。

故事的最后,陈粒在杭州唱起了《祝星》,引得好妹妹成员秦昊和张小厚二人纷纷落泪。听说那天祝星也去了,穿着深色衣服带着口罩默默在台下看着,中途离场,撞见粉丝,粉丝看到她眼里的泪光,她轻轻比了一个噤声的手势,而后落荒而逃。

当然,这都是传说和佳话了。年少时,我们总以为你捅我一刀我打你一下再一起抱团舔舐伤口才叫深刻的爱,其实不是。

但凡能持久、深远的感情,都是今天你为我做顿饭,明天我给你洗衣服,然后一起散散步。像我们的父辈和母辈,真实而质朴。

爱真的不在夸张到声嘶力竭里,而在一饭一蔬里。那些曾经爱得死去活来的,最终都成了纸上的故事。

对于这段众说纷纭的感情,我能想起的话仅有一句:不要去欺负一个爱你的人。自古感情皆是你来我往,在此处挥霍的,必定得在别处还回去。

2

在陌生的海岛城市,需要一个陪你吃饭、逛街、通宵唱K、压马路和吹海风的朋友,赵琰就是我的这个朋友。

他偶尔像知心大哥一样,为我的爱情出谋划策,偶尔像个老父亲一样,提着砂锅说要来我家煲粥炖汤给我喝。

三十出头孑然一身倒也不着急,家中催婚他也不予理会,毫不在意他人看法,每天跑上跑下乐得其所。

在生活里我太过隐忍克制。从小到大的礼仪教条都在引导我做一个循规蹈矩的好人,千万不要给别人添麻烦。他说这样不对,这样太懂事了,会得不到爱和关怀。

所以,他像护着亲妹妹那般护着我。在我被猫抓伤的时候拉着我找店家据理力争,在隔壁周末装修吵到我写作的时候怒发冲冠地跑去敲门。

但他孤独啊,是真孤独,那种心里葬着未亡人、走在路上随时能砸下眼泪来的矫情式的孤独。我时常觉得他是一头困兽,是孤独的海怪,亲自下狠手扑灭了心里唯一的即将绽放的火花。我给他多少关心都不管用,抵消不了他心里的空落。

半夜睡不着觉,一起去海边散步,我问他准备什么时候结婚,他的声音听起来脆弱又无助,夹杂着海风的咸腥味儿:"要不我明天就随便找个姑娘结婚吧。"停顿半响,我不敢偏头看他,一小会静谧过去,我听到脑袋剧烈晃动的声音:"不行不行,子楠还没上岸呢。"

第二天,他继续若无其事出门工作,再拖着疲惫的身体回来。

大概我这样的人始终爱得清醒克制，所以，在他身上看到爱完完全全绽放的样子会觉得触目惊心吧。何况他还是堂堂七尺男儿。

男人细腻如赵琰这般，是注定要在爱里受折磨的。我看到子楠走后，他不厌其烦对一个又一个的路人说起她，每一个相处细节。子楠曾经说过的每句话，展露过的每一个细小的表情，每一丝波动的情绪。

哪怕是路边的一只流浪猫，都听过他俩的故事。赵琰一次又一次走过他们共同经过的街道，驻足过的每一条小巷，去过的每一个商场，吃过的每一家饭馆。

子楠走了，赵琰还在这座城市生活。他重复走这些老路，直到把自己走成了一个人型自动导航。

我出门迷路了，无助地打电话给他，他闭着眼睛都能告诉我走几条街朝哪拐，哪条小路是捷径，哪家店的酱肘子最好吃老板人怎么样，他说因为她和子楠总去。

有时候，我觉得赵琰就是记性太好了。在爱里记性太好的那个人，是一定要吃亏的。

至于赵琰在子楠身上付出的心力，用陈粒的《走马》来形容就是："为你熬的夜都冷了,数的羊都跑了。"可惜子楠并没有在对岸等他。她一直在河中央自顾自地嬉戏玩耍,受伤了便跑上岸头找赵琰舔舐伤口,吞食他精心准备的食物,严重的时候,找他拿钱去包扎伤口。

3

子楠19岁,赵琰30岁,他们在一家朋友的酒吧相遇。子楠穿臃肿的衣服掩藏她的身体,走路不爱看人,对于赵琰总是保持沉默或者随便应和的态度,不到极端状态下永远在隐藏自己的观点。

她看起来言语柔和淡定,但怎么也藏不住骨子里的锋芒毕露。她浑身是刺,对周遭的一切漠不关心,平时这些刺都软乎乎地耷拉着,看上去像个孤独的怪物,在她那个年纪里,她就是个不合群的小孩子。

她假装讨好世界,实际却一直随时敢对它say no,且固执地自说自话,保持自己一针见血的观点。她太过尖锐了,因此过得不太好。

当然了,这些是我自己观察出来的,我从未跟赵琰探讨过这些。因为赵琰心里肯定一目了然,毕竟,他吃过的盐比我喝过的水多,所以我从不试图在感情里劝说他。

哪怕他为了子楠负债累累,永远在为这个"小破坏王"买单,把自己折腾得筋疲力竭。他白天工作还债养着子楠,夜里去给子楠洗衣服做饭。他们好的时候,坐在床边抽烟扯淡,不好的时候,子楠在家里砸东西,叫嚣着让赵琰滚，然后两人迅速扭打成一团。

他们像亲密的朋友，像彼此的仇人，像一株同根的植物，也像不懂得爱彼此试探的恋人。

但实际上，从认识第一天起，他们的相处模式就趋于父女了。第一次见面，子楠抱住赵琰："如果我有一个像你这样的爸就好了。"赵琰怎么会不知道她是想要更多的关心和爱呢。于是，他笑着应允。自那天起，他就走向了对子楠有求必应的路途。

他告诉我，对一个人最终极的爱，就是选择无条件分担她的命运。

可他们天生就是截然不同的人，子楠跟陈粒一样，生了一副好眉眼，还未成年便是万种风情，Mac 的口红抹在嘴巴上，好看的唇吐出来的字句也带着蛊惑人心的力量。

修长的手指，一头帅气的短发，依稀可以看到还未成型的御姐的影子。相比之下，赵琰要显得普通很多，沉默寡言的稳重直男，工作很较劲，生活习惯优良，非常懂得体恤别人。

子楠总有一天会走的，这不是她的家乡，总有一天她会回西安。看不下去的时候，我对赵琰如是说。赵琰不以为意。我又追问，你到底喜欢这个小姑娘什么？

他说子楠像极了另外一个自己，被深藏在体内无法释放的另一个自己，偏执的，任性的，不被外人所左右的。

这样活着多好，赵琰的青春期过得太中规中矩了，所以他羡慕子楠，想保护子楠的这种"不被外人左右"。

很多时候我会想，这究竟是保护，还是纵容呢。这一点，赵琰自己一定再清楚不过了。

只不过因为爱，他选择对子楠的一切照单全收。比如她打架进派出所，比如她喝得烂醉如泥回家，比如她让赵琰随叫随到去给她收拾屋子。

子楠的父母几乎不管她，常年放任她在外头流浪。于是赵琰就充当了哥哥和爸爸的角色，打理她生活上一切大大小小的事物，给她零花钱，给她买好看的衣服和首饰。
而子楠一直都像一个稍微有些头脑但心智还不健全的任性小孩儿，如果欲望得不到满足，偶尔也会采取一些哗众取宠的方式来彰显自己的重要性。
她从来不关心赵琰在干吗，吃饭了没有，累不累，饿不饿，有没有睡好觉。她只会说："今天我和我爸大吵了一架，他说他以后再也不管我了。"或者说："我今天看到一支口红，真漂亮，要是属于我就好了。"赵琰把淘宝密码和支付宝密码给子楠，任由她胡闹。

很多时候,我觉得他像一个溺爱孩子的家长。子楠唯一给过赵琰的,是一个 IPROMISE 的手环,子楠亲手给他戴上去的,戴上的时候什么也没说,也没有任何允诺。但赵琰每每提起,眼神里都放着光,他觉得子楠已经从心里接受了他。那个手环,就像他这辈子都放不掉的念想。

所以后来,子楠跟不同的男人上床,毫不避讳地在赵琰面前提起,赵琰也就由她去了。太过极端的时候赵琰也忍受不了,他说:"子楠,你知不知道你就是个烂女人。"子楠不以为意:"烂女人怎么了,烂女人活千年,我这样的烂女人还不是有你这样的人死心塌地地爱着。嫌我烂你滚啊!地球离了谁还不能转?"
子楠一口一个烂女人地强调着,赵琰的语气万念俱灰:"这次我真的准备滚了。"他捡起掉落在地上的外套,轻飘飘地走到门口,带着轻飘飘的语气:"我以后再也不会来给你洗衣服了。"
手刚触碰到门把手,子楠从身后扑过来,紧紧锁住赵琰的脖子,力气大到赵琰真的觉得她想杀死他。其实他只要轻轻一个反手,就能把她撂倒在地,但他舍不得。他听到子楠的语气里满是绝望:"你为什么不再来了?是不是我太坏了?"

赵琰的心一下柔软得不成样子。他想,这一刻,他是心甘情愿死在子楠手里的。子楠知道,赵琰是唯一了解她所有的坏,还愿意待在她身边的人。

于是他们又和好如初了,开始重复那个单调的恶性循环。只是有一天,子楠突然在点燃一根玉溪的时候脱口而出:"琰,我想回西安了。"赵琰十分平静:"那你走吧。"

子楠走了,她换地儿折腾去了。没有告别,没有拥抱,没有留下只言片语。赵琰甚至不知道她究竟是什么时候走的,乘坐了哪种交通工具。

4

子楠走后,赵琰的生命里只剩下两件事:赚钱还债和想她。期间我们一直保持着不咸不淡的联系,我说:"赵琰我给你钱,你把债还了,然后找个女人好好过日子吧。"

赵琰不假思索拒绝,他说:"子楠没好起来我这辈子都不会安宁的。"我话到嘴边又咽下去:这辈子你就算给她再多爱,她也不会好的。但我知道赵琰一定清楚这一点,默契让我保持缄默。

大部分人都很难理解他们这段关系的相处模式,每当赵琰和其他人提起,大家也只是随意听听,不往心里去,甚至还有人觉得他是疯子。毕竟,在这样一个速食年代,已经少有人如此较真地去爱一个人了。

赵琰像做贼一样,在无数社交平台里注册小号,去窥探子楠离开他以后的生活。在子楠每一次遇到麻烦时给她偷偷打钱,从来没有改过支付宝密码。

其实,子楠也一直在关注赵琰。她嘴上说着不爱赵琰,却一直偷偷在意赵琰生活里的所有细节。和什么人交了朋友,微博上发了什么动态,两人吵架了他是什么状态。

有一天,赵琰去客栈给别人设计壁画,被蚊虫叮咬,奇痒无比,心情暴躁,在 same 上发了一条状态。一秒钟以后，微信响起来。他甚至可以想象到 19 岁小姑娘软软甜甜的语气："琰，你是不是心情不好呀？我会长大的，以后换我来守护你。"

我想这大概是子楠说过最好听的话，以至于，在赵琰每一个长夜哭泣后的清晨，只要看到她走的时候留在明信片上的话，他就还是愿意再爱她，再等待她。

但说完这句话以后，子楠就被关进了警察局。赵琰拜托身边所有的朋友，四处凑钱，费了好大劲儿，把她弄出来。

精疲力尽的赵琰那一刻连打车回家的钱都没有了，他坐在他们从前经常一起路过的天桥底下想，他是不是错了，是不是太心急，一个十几岁的人怎么可能这么快懂事？错在太着急看着她长大，太着急让她收心，可她明明才长出一对一心要远航的翅膀。

赵琰是岛屿，子楠是风，他无法飞翔，她不想降落。

他们根本就是两代人，即便赵琰试图理解子楠原生家庭带给她的伤害，可他终究不是万能的神，没有一次又一次纵容她并且帮她解决一切的能力。赵琰也只是在感情里的一个无能的人，他只是为了这份浓烈的爱逼迫自己上天入地、无所不能。

一方面，子楠不希望赵琰离开她，希望他永远爱自己，于是不断试探他的底线。另一方面，子楠想让赵琰知道，她就是如此的病态，希望吓跑他。两个人都是矛盾的。

子楠越是热烈燃烧，赵琰就越是想飞蛾扑火，耗尽自己。赵琰从未考虑过，在子楠油尽灯枯之前，他是不是早已幻化成灰。

赵琰身边也出现过会令他感到安全的女孩儿，女孩儿也是一个小丫头，乖巧伶俐，温暖又阳光，笑起来的时候有两个浅浅的小酒窝。两个人一块儿在咖啡店做义工，一起学拉花，一起学烘焙。

饭点到了，赵琰买新鲜的蔬菜水果转身钻进厨房里忙碌，丫头跟在他身后，语气甜腻又踏实："赵琰赵琰，我们今天做什么好吃的呀？"

偶尔赵琰工作忙，顾不上，丫头微信呼叫他："赵琰赵琰，你在做什么？吃饭了没有？怎么还不来？"这些细枝末节让赵琰感到踏实极了，疲惫的心一下子开始着陆。

他给我打电话："如果有一天我不爱子楠了，我一定要跟这个女孩儿结婚。"末了，他又补充一句，"我好像没那么爱子楠了。"声音微弱得像是从三尺的地下传上来。

真好，挂断电话后，我合上电脑开了一瓶香槟，我以为赵琰要开始新生活了，我想他快做好准备了。

第二天睡梦中，我又接到他的电话。他说子楠回来了，带着那把他曾经倾家荡产给她买的吉他，还说这次会待很久，不打算走了。

赵琰又变回了从前的赵琰，生活被赚钱和子楠填满。即使他反复强调，子楠已经变了，不再任性了，也再没有开口要过任何钱。可我知道，赵琰是一定不会委屈子楠半点的，所以他的生活还是每况愈下。

子楠换了很多家酒吧驻唱，和每一个酒吧老板闹掰。赵琰知道，谁都驯服不了她。她说要出去散心，赵琰说好。

子楠认识了新的朋友，和她们关系融洽。大家一起喝酒聊天，去山上探险，探险的时候崴到脚，她给赵琰发微信，赵琰丢下手头的事情买最近的票就飞奔过去。

他知道子楠好面子又爱逞强，一定不会告诉新认识的朋友自己受伤了的事，而一帮年轻人只顾着打闹肯定也不会细心到发现这一点。赵琰什么都替子楠想到了。

赵琰赶到的那一刻，子楠就跟疯了似的："我不是说了让你别来吗？""可是受伤了就得看医生啊，怎么能强忍着呢。"赵琰一个大男人，竟用了一种委屈极了的语气。

子楠不知道哪里来这么大力气，把赵琰拽到一边，言辞激烈："你是不是故意的，你想让所有人都知道我和一个年纪这么大的男人关系很亲近？你为什么总要插手我的事，我就算死了跟你有什么关系？"

赵琰哪里想到这些，他眼里只有心上人的伤口。他抬头正准备开口，一个巴掌扑面而来，毫无防备的赵琰差点站不稳，子楠接连又甩了几个过来。

这天，随着赵琰的爱情一起破碎的，还有他作为一个男人，本就岌岌可危的自尊心。

子楠焦躁极了，她点燃香烟，在原地踱步。赵琰一言不发，两人对峙了半天没有结果。突然，子楠拿起手中快燃烧到末端的烟头，狠狠摁在赵琰的胳膊上。

她大声咆哮："我恨你，我讨厌你，你一个和我血缘关系都没有的人，为什么这么爱我，为什么我亲爸不爱我，为什么他不爱我。我一看见你，就想到他，这辈子我最恨的就是他。你总说让我原谅他，我怎么原谅。我该怎么原谅一个我才15岁就让我出去卖的人？"

赵琰惶恐之余又感到一丝丝的惊喜，他不是不知道子楠此刻在想什么，她又没有安全感了，她既怕别人觉得自己是个怪物，又怕赵琰这次真的离开她。而且，她表现出了这种恐惧。

可是赵琰也同样意识到了，自己做错了，放手才能让彼此解脱。

子楠看赵琰没有反应，扑上来揪住他的衣领踹了他几脚，两个人纠缠在一起，赵琰死死环绕住子楠，没有还手，甚至连一丝挣扎也没有。

这是他们今生唯一的拥抱，以一种厮打的方式，赵琰悄悄把那个IPROMISE的手环塞进了子楠的包里。他打车离开了子楠，一句话也没说。

过去赵琰有多爱惜这段感情呢，他执迷到将"为你千千万万遍，你不上岸，我不再见"当作终生的恋爱信条。这也是他过去想守护她的决心和誓言。

5

直到那一刻，子楠还是很自信地想，赵琰还会回来找自己。因为他们是一个命运共同体，子楠不能没有他。他也爱子楠爱惯了，两人会就这么纠缠一辈子。

很多时候我会想，爱到这种境地，是悲哀，还是长出铠甲后的无所畏惧。

故事的最后，赵琰告诉我，他送了子楠一把枪作为分别礼物。他说，希望子楠能够杀了他，这样才不枉费她一直想要热烈地过一生这个念想。
他想成全子楠的热烈。
可只有我知道，赵琰已经死了，根本不再需要借助那把枪。因为，这一次，他和子楠，真的分开了。

今年开春，子楠就20岁了。赵琰写了一句"Day by Day, but I'm yours"，我想，那还是写给子楠的。
我知道，赵琰和子楠永远不会有结局。我只希望，子楠能过得比去年好一点。因为只有她好，赵琰才会好。

我也深知，这是我见过最糟糕的爱情，它和美好一丁点也不沾边。我看着赵琰站在沼泽中央，下沉，浮起，再下沉，去探爱的底线和时间的尽头。
然而爱没有底线，时间也没有尽头。尘世生活里，爱情的全貌或许不该是这样的。但它真实啊，真实往往令人感到钻心的疼痛。

子楠，如果有一天，你看到这个故事，我希望你知道，有一个人爱你就像爱自己的生命。你是他，他不是他自己。
不，甚至已经胜过了，爱他自己的生命。

晚安，少年

"你为什么打开微信的这个功能？"
"不过是想让我爱的人知道，我就在离他不远的地方。"
"那你们距离多远？"
"图上距离不到一厘米。"
"那心上距离呢？"

1

有一天我喝多了酒，打开微信"附近的人"，大家聊骚的意图明显极了，话不过三句就急不可耐地问我住在哪需不需要人陪。我一个一个拉黑，剩下最后一个的时候，他很认真地询问我："你为什么打开微信的这个功能？"我借着酒劲儿，讲了几句平时不敢讲的真话。我说："我不过是想让我爱的人知道，我就在离他不远的地方。这样他病了我可以去陪他，他饿了我能赶过去做饭，他不开心了我能随时揣着一兜冷笑话出现。"

"那你们距离多远？"
"图上距离不到一厘米。"

"那心上距离呢？"

我沉默了好半晌没有说话。对方又发过来一条消息，"你还记不记得米莱？"我知道他指的是《奋斗》里那个喜欢陆涛的米莱。陆涛是米莱大学时期的男朋友，因为米莱将其介绍给闺蜜夏琳认识，最终两人双双背叛了她。米莱伤心欲绝，出国疗伤。伤没有疗好，回国后搬进了一早就租好的房子，就在陆涛家对面。她的窗台边架着一组望远镜，每天都能看到自己的爱人和闺蜜在不到十米开外的距离内极尽甜蜜之能事。

她想说服自己爸爸公司就算赔本也要和陆涛合作，因为她太了解陆涛的野心；她在陆涛生日的时候邀请他来家里吃饭，陆涛走了，她端起陆涛喝过的咖啡吻上去，眼泪刷刷地掉。
陆涛深知对她有愧，在剧情的末尾陪她旧地重游重走青春，他们一起去买冰淇淋，米莱带他去小酒馆，给他唱了一首《左边》。最后，米莱对陆涛说："你已经做了你所能做的一切。我好了，你走吧。"

她说这话的时候，我脑海里浮现出她曾经执拗可爱的小模样，她桀骜不驯又信誓旦旦地对陆涛说："陆涛，我就等你，就等你，你没结婚我等你，你结了婚，我还等，我现在等你，我以后等你，我永远等你，我等你，我等你，我等死你……"最后她究竟输给了什么我不确定，大概是一个男人对另一个女人的爱吧。

同样的女性角色还能列举出很多个，就近来说大概是《春风十里，不如你》

里的小红。在这类型的故事里,通常男人女人各有分工,男人主要负责对女人使坏,女人主要负责对男人好。

当初我对这种混蛋分工特别不满意。可是现在,我遇到了肖朋,我认命了。

唯一不同的是,就算我们分开了,他拒绝了我,我对他也永远没有埋怨。但我不会再靠近他了。如果他有求于我,我依然会鞠躬尽瘁。从今往后我会把喜欢藏起来,不再招摇过市了,我会努力过得好,希望他也是。

2

和网友出现这番对话的时候,肖朋还不知道我搬来了离他家不到两公里的地方。他只知道,他经常在家门口"捡到"各式各样的便当,中秋节的时候发现门口有各种馅儿的月饼,他门口的垃圾永远有人倒。他讶异于保洁阿姨什么时候服务这么到家了。

他在 KFC 工作,永远上夜班。我和他私下约着见面的机会不多,每次看到都觉得他面色苍白双目无神,仿佛活不了几年。他身体太差了,这就是我搬到他住处附近的理由。

没告诉他是因为,那时候我们已经分开了,他说我应该开始一段全新的生活。

他说他无数次想过跟我结婚,但他真的不爱我,他不能骗我。我不信。他又问我:"大多数中国男人寻找伴侣的模式都趋向于'找妈',你难道想一辈子给我当妈吗?"老实说,他突然这么问我,我完全不知道怎么回答,我只知道吃喝拉撒爱肖朋这五件事一件都不能少。

那时候我还在想,两个人在一起多简单啊,你爱我,我爱你,牵手亲吻,拥抱,再在心里开出无数朵小花。我全然不知道摩擦会腐蚀掉你对一个男人的全部爱情与期许。

还有,我不知道,原来他真的是因为不爱我,才离开我。

我和肖朋在一起将近四年,同居三年,连长相都越来越接近。都说两个人在一起相处久了,行为模式和思维方式都会越来越像。肖朋是绝对的悲观主义者,我是天生的乐观主义者。点到不好吃的外卖他会愤恨不平:"全长沙这么大,居然找不出一个会做饭的厨师,这个世界完蛋了!"看到难看的电影他会气血上涌:"这种电影也能打五星?为什么所有人都是喂什么就吃什么,他们难道没有独立思考的能力吗?"一次我深夜发烧打车去买药,滴滴司机看我烧得已经走不动道了,把车停在路边替我去药店买药,然后扶着我上楼,把我送到家门口。

他下班回来以后我把这事告诉他,他发出一声冷哼:"你以为人家是真的想对你好?人家不过是图你一个五星好评罢了,这种套路也就对你这种傻白甜姑娘顶用。"虽然最后我的确给了司机五星好评,但我内心还是暗暗觉得肖朋未免太过不近人情。

人活一世,均非圣贤,为什么一定要看什么做什么都用上帝视角?但我又不想为了这些事伤感情,所以在肖朋心里,我几乎快变成了一个没有独立思考的人,我很少在他面前发表观点。因为我知道一讨论,免不了又是一顿争吵。

按照物理层面来说，能量是守恒的，如果一个人传递过多的负能量给你，会消耗你很大一部分精力。而正常的爱情逻辑是，两个人在一起是为了变得更好。如果你因为和一个人在一起，变得更阴沉更消极，那或许就不是好的爱情吧。

在一起四年，肖朋上了三年夜班，每天早上六点下班，我每天都会等他下班，1095天，无一例外。餐桌上有热气腾腾的面条，冰箱里有新鲜牛奶和水果，肖朋有一个奇怪的小癖好，他需要别人用手指轻轻挠他的后脑勺，他才能睡着。我们一人一只耳机，伴着节奏我的手指在他的后脑勺上轻轻滑动，他沉沉地睡过去，我轻轻说一句晚安，亲吻一下他的后颈，然后翻过身来，开始入眠。

突然有一天肖朋说要跟我分开，理由是他真的不爱我。可我该怎么去设想，一个男人不爱我还跟我在一起四年呢。
"离开我，过点儿正常生活，去结婚吧，女人一旦过了三十岁就完了。"他拿出事先打包好的行李，头也不回地走了。

那一天，是我三十岁生日。

3

他走了以后我整整两个星期没有出门，想不明白的事儿太多了。我不饮酒，也不吸烟，我开始吃安眠药，药劲儿一上来就躺在床上闭上眼。一闭上眼睛就感觉房间地板上有很多双脚走来走去，吵得我夜不能寐。
期间我去KFC偷偷看过他几次，他满脸倦容，看起来并没有比我好到哪里去。我打听到他的新住所，我也搬家了。

搬家以后我开始尝试积极的生活，我不跟他联系，却一直偷偷关注他的社交账号，看看他在做什么，有没有交新的朋友。我不再想亲近他，也没有爱别人的心，日子不咸不淡地过。

突然有一天半夜他打电话来，说就在我家楼下，问我门禁密码是多少。我没有问他从哪里知道的我的住址，只是穿着拖鞋默默下去迎接他。这么些年我们之间的关系一直是这样吧，不管他什么时候回来，我等他，他什么时候离开，我去送他。
下楼之前我把家里唯一我俩的合照藏起来。他进来后好奇地在房子里转来转去，东张西望，还调侃了一句："想不到咱俩住得这么近。"我当然没有错过他嘴角的苦笑。

那晚肖朋留在我家睡觉。我们平躺在床上，沉默了片刻没有说话。还是我按捺不住，率先开口："今天怎么想起要过来？"
"因为我觉得我太坏了，苏漾比我善良多了。"苏漾是谁？在一起四年我居然不知道？难道是他的劈腿对象？我的大脑顷刻间闪过无数种假设，我感觉我脑子里有个炸弹炸开了。

苏漾是他喜欢了好多年的女人，他之前表白过无数次，都被拒绝了。最后一次表白的时候苏漾对他说："你如果再这样，我以后都不会理你了。"肖朋只好作罢。和我在一起的这几年他们不联系，但肖朋心里怕是一刻都没放下过她。

他抬起脚来给我看他的脚趾头，上面有一道很深的划痕，血迹甚至没有干。
——"她今天来找我，我们上床了，在此之前这么些年，我们做过最亲密的动作是握手。"
——"哦，动作太激烈所以把脚划伤了？"
我的语气出奇地冷静，这是连我自己都没有想到的。他清了清喉咙继续说，声音轻飘飘的："都说女人过了三十岁就完了，可她还是那么好看。"

我没有问他们为什么要上床，也没问他我算什么，这些问题都太傻太天真了。于是我继续保持沉默。
"她说这么多年她总拒绝我，她一直害怕我去死。今天我想到这句话，我突然害怕你也去死，于是我想来看看你。"
"苏棉，这辈子只有四个人可以杀死我。我爸、我妈、苏漾，剩下那个就是你。因为我欠你的，这辈子还不清。"

他那天断断续续絮叨了一晚上，比如他说男人爱一个人看的不全是心，还有一个人的样子，比如他很自私。我全都听进去了，居然没有任何发问的欲望，眼看天快亮了，我摸了摸他的发梢，我说："睡吧，肖朋。"
他翻了个身背对着我，我抬起右手，拱起手指，轻轻挠了挠他的后脑勺，用口型说了一句晚安。
第二天醒来，我们若无其事地洗漱，一起吃午餐。午餐过后，他说烟抽完了，他该走了。
我送他去楼下打车，出租车绝尘而去，离开我的视线，我居然忘了挥手说一句再见。

4

他走了之后,我无心打扫房子,因为全是他的气息。床头的右手边有一个中南海点8的空盒子和一个绿色的打火机。

如果肖朋拉开我的抽屉看一眼的话,他会发现,第一层是他的旧T恤,第二层是一双新拖鞋和一件新睡衣,是他的尺码。第三层,是一条没开封过的中南海,和一堆空烟盒子。

也就是说,我一直在等他回来,然后我们像一切都没发生过那样,重新开始一段新生活。

他走之前我把我房间的密码告诉了他,因为我知道他永远不会再来了。他还调侃我:"你就不怕我在你家装针孔摄像头?到时候你就把各种漂亮姑娘往家里带,我好轮番偷看她们洗澡。"说这话的时候他嘴角挂着我熟悉的痞子气十足的坏笑,我回击他:"我巴不得你装摄像头,这样以后我在这房子里抽烟喝酒失眠踱步跳舞自杀,甚至和别的男人上床,你都会一清二楚吧。我要让你一辈子都记得我。"

其实这不是我的真心话,我真正想说的是,肖朋,家没了你不过是一栋房子,这几十平方米的空间你随时可以来去自如。更何况我家里没任何贵重物品,我最贵重的物品就是你。你走了我就什么都没有了,你再回来我又是富可敌国。

总有一天你会知道,我所有的爱都给你,是为了让你知道,你值得拥有世界上一切美好的东西。你选择死,我让你踏着我的尸体,给你当垫背。你活,我放任你去实现你人生所有的可能性,在你低谷时拥抱你,在你成功时和你一起庆祝。

你说我们这辈子都不会和自己最爱的人在一起，你不会和她在一起，我不会和你在一起。肖朋，我不要在一起，我只要你快活。
爱是什么？爱是一种违背天性的感情，爱是"人的尴尬、不知所措和无能"。

在遇到你以前我觉得谈恋爱是开心就笑，难过就哭，吃醋就皱眉撅嘴。谁管，反正没什么套路，唯一的方法就是一颗真心向前冲，你不爱我还能爱谁？你是我注定的人了，你走哪我就跟哪，就是倔，甩都甩不掉。

谁谈个恋爱还不是紫霞仙子呢。当时我真以为人跟人之间能有命中注定，后来没想到男人会在意胖瘦美丑，女人会在意穷富帅矬。

我听过最美的晚安故事是什么你知道吗？我现在讲给你听：
"十年前，第一次给你说晚安，我激动得失眠了一整晚。十年后的今晚，再对你说晚安，不再失眠了。但是你的头压得我的胳膊有点酸。祝你晚安。"
但后来我又听说，早安比晚安珍贵多了，因为想和你一起睡觉的人很多，想陪你起床的人却很少。希望不管路途有多遥远，都能有人陪伴在你身边吧。

我不知道那天如果我说我家里恰好多了一包烟，你会不会留下来。我只知道，想说的话还是没有尽数说完。这一生，真的太短了。短到来不及再说一句我爱你。
肖朋，如果以后再也见不到，祝你晚安。

再见，旧情人

我依旧留下了你曾经送给我的求婚戒指，就像我闭着眼睛还是能准确无误地哼出你写的每一首歌，就像……就像，就像如今跟人谈及你，我能毫不避讳地说一句，我爱过你。

1

距离上一次听尧十三的歌，已经过去整整一年零七个月了。那会儿是他在小酒馆进行新专辑《飞船，宇航员》的巡演，台下的小姑娘很是兴奋，叽叽喳喳嚷嚷着要给他生猴子，我也是，他却只是害羞地笑。

我跟老陈说，他本人和我想象的不太一样。老陈问我哪里不一样。我说大概是太调皮了吧？就像《有信心》里唱的那样儿："有些调皮，骄傲得不能控制自己，心里藏着脏东西。"我又追问老陈："老实交代，你心里是不是也藏着许多脏东西？"他在人群中把脑袋凑过来，轻轻在我耳边哈了哈气，再义正言辞地点点头："嗯呐。"

我赶紧转移话题:"十三一定是一个温柔而又不乏情趣的男人,和这样的男人一起生活的话,日子想必一定十分有趣吧。"都说女人翻脸像翻书,我看老陈也好不到哪里去,他脸一下子塌下来,借口要去上厕所,转身走开了。

那时是冬天,我视线一边东张西望找寻老陈,一边将双手放在嘴边哈着热气。突然,他从身后环绕住我,用双手紧紧包裹着我的手,温柔地搓动,语气满是无可奈何:"算了,我原谅你了。"

"醋坛子!"我正准备偏头去看他,耳边传来轻哼声:"妈妈,我爱上一个姑娘,我把青春,都留在了她的身体里,我不知道她是不是真的快乐……"

那晚回去后我们窝在床上看《推拿》,片尾小马从外面回到家中,看到小蛮弓着身子在走道上头洗头,他的视线渐渐开始清晰起来,两人对视,旋律响起,空气中十三轻柔的声音传来。

那一刻,有一种东西,在我心里被绷断了。鉴于看演出时候的经验,我对十三的夸赞变得委婉一些:"有时候仔细想一想,娄烨和十三是真正意义上传统的、复古的文艺青年,并且会一如既往地文艺下去,不像许多同行和前辈,游着游着,早已上了岸。没去电影院看,真的可惜了。"

虽然老陈也很喜欢十三,但是他仍旧吃醋:"那我呢?我不是真正的文艺青年吗?"

"你不是,你写的歌儿都太俗了,你看书太少,你要好好看书。"

老陈十分不服气:"总有一天我的歌也会被放在这么牛逼的电影末尾的,到时候你就去电影院等着看吧。等到那天,你看尧十三那崇拜的小眼神就会转移到我身上来。"

那晚他坐在客厅写了一晚上歌,早上醒来的时候我看到他在沙发上睡着了。我从来没告诉过他,这种感觉真的很棒。因为我成为了他不断前进的动力。后来我们分手了,连"分手"二字都没说。最后一次见面的时候,我们还像所有恩爱的情侣那样,在丽江的机场吻别。我在登机口频频回头,他冲我笑,冲我挥手,那天天气好极了。

自那天起,我们再也没见过面,也没通过电话,发过信息。通讯录列表里的"老陈"二字形同虚设。好奇怪,他没主动问候过我,我也没有去打扰他的念头。生活还在有条不紊地进行着,唯一变化的是,我的歌单里,关于尧十三的歌,仅剩下那一首——《旧情人,我是时间的新欢》。而且我再也没有点开过。张爱玲曾经说过,忘记一个人只需要两样东西,时间和新欢。很久以后我才知道,他选择了新欢,而我则选择了时间。

2

分手的时候是初春,我一边在家里陪父母散步闲聊,一边开始着手找工作。说真的,大学期间我一直在丽江当个无业游民,偶尔靠着给旅客拍拍写真过活,没去实习过,对体制内的东西更是一无所知。
我把招聘网站上所有 HR 的邮箱汇总起来,工工整整抄在记事本上,开始一家一家筛选,再彼此双向选择,没多久我就收到几家公司打来的面试电话。我当即立马收拾行李离开家乡,来到北京。

在家的那段时间我一次没想起过老陈,虽然偶尔也看看他是不是又写了新歌。当下,我一点都没觉得自己是失恋了,我亲手终结了一段感情。

之所以没有这种感觉,是因为,我一点都不难过。这个人我爱了两三年,怎么可能不难过?但奇怪就奇怪在,我一次都没往这方面想。

来北京后的一周恰逢我22岁生日,我住在CBD附近朋友的酒店里,她在剧组干活,经常天亮回来。零点的时候,我给朋友发微信,我说想吃掉她放在床头的泡面,她说随便吃。

我清楚地记得,那是一碗售价四块八的合味道,我看了看手机,没有任何未接来电。我打开手机播放器,写了一篇博客:

"以前最讨厌吃面,没想到22岁的生日吃了同学一碗泡面,在北京寸土寸金的CBD附近,合味道里尝到了小块的鱿鱼和蟹棒,海鲜的味道。但凡真正难熬的日子,都是一个人闷声不吭度过的。哪有什么胜利可言,挺住意味着一切。"

播放器里单曲循环的是郑智化的《你的生日》,我的20岁和21岁都是和老陈一块儿过的,他每年这天都弹唱这首歌给我听。20岁是在一个小酒馆门口,他亲手给我做了一个蛋糕,上面写着"要永远爱我"。21岁是在他的乡下老家,他妈妈给了我两千块钱,还给我买了一个55块钱的蛋糕,那是他们家附近所能买到的最贵的蛋糕。

他妈妈像个孩子似的,把皇冠小心翼翼地戴在我头顶上,再给我俩拍了一张合影给他爸发过去。

其实那两年的生日我都过得很开心,所以我并不能体会郑智化在歌里所唱的"这个世界有些人一无所有,有些人却得到太多"和"有生的日子天天快乐,别在意生日怎么过"。

那天老陈没给我打电话,是在那一刻,我意识到我的感情可能结束了。但我还是不想他,也并不感到难过。

我来北京后身上没有钱,和一堆陌生的东北女人住在群租房里。群租房是由一个三室一厅改造的,除了房间里放着上下铺的床架子外,客厅里陈列着一排单人床,我走进去的第一感觉是以为自己走进了一间病房。有人唠嗑,有人嗑瓜子,还有人在削苹果。大家都没有拉帘子,生活毫无隐私可言。

卫生间的门锁是坏的,虽然里头没有男生,但洗澡到一半总有人门也不敲地闯进来洗脸如厕还是引起了我极大的不适。出于贫穷,我选择忍受。

房子里每天都有人在吵架,为了垃圾该谁来倒、没洗的臭袜子、没有丢进桶里的纸屑和一些其他的理由,每到这时候,二房东就会怒发冲冠如同一个老鸨冲进来,大声嚷嚷一句:"住这儿的都给我老实点,不听我话的都给我滚蛋。"

我总觉得她仿佛在说:"都是婊子装什么纯情,该出去卖了啊,不去饿死你们。"

分开后只给老陈打过一次电话,是我养在房子里的花被别人踢倒了,水洒了一地,二房东发微信对我劈头盖脸就是一顿骂,大意就是:你住这破地儿你还养花呢,你知道我地板多贵不。花我丢垃圾桶了,花瓶我拿走了,装什么大小姐!

我不顾新工作还没有着落，不顾自己正处于生理期，不顾外面下着大雨，坐地铁去传媒大学附近找房子。我决定找个中介公司，于是去链家看了好几家，都不满意。不满意的不是房子，而是我自己，押一付三，再加上服务费和中介费，一个小单间没有小一万下不来。

那天傍晚，借着不算昏暗的路灯，我看着传媒大学门口出出进进的那些学生，幻想着我脸上曾经的笑容和他们一样明亮而美好。没多久，肚子疼得我直不起腰来。我蹲在路边捂着肚子给老陈打了一个电话。

电话响了不到三声他就接了，他的声音还是很温柔。他说："怎么了？"
我不知道我怎么了，我也不知道我到底想要怎么样。所以电话两端，我们长长久久地沉默。我如鲠在喉，最终只好恶狠狠地把电话挂了。
一分三十六秒，那是我们最后一次通电话。一段几万个甚至十几万个小时的感情，用九十六秒就能终结。

3

我没声没息把电话换了，找了新工作，一开始还是时常捉襟见肘，不过好在不到三个月，我就从群租房里搬了出来。

老陈的确红了，虽然不及尧十三，但也有望成为下一个尧十三。我们在一起时写的歌他还在唱，专辑封面上印着我的名字。偶尔有他的粉丝发私信给我，问我们最近怎么样了。我尽数看完，不回复，再点一下"删除"。
其实我知道我们为什么分开，理由简单明了：道不同。

我们相恋的时候,他还在酒吧卖唱,是一个没什么追求就想好好唱几年歌的小歌手。

酒吧是他和一个朋友合伙开的,所以吃喝倒也不愁。那一年他23岁我19岁。那时我是个学生,翘课陪他也不以为意,反正有大把时间可挥霍。他是老板兼歌手之一,我是老板娘。我们白天写歌睡觉,晚上唱歌给客人听。每当我问起他以后的目标,他总说不知道,他说不过以后总会知道的,走一步看一步吧。我问他以后是什么时候,他又说不知道。

期间酒吧来过一个音乐制作人,帮他出了一张专辑做了一些宣传,他有了七八万粉丝。丽江是一个太过容易让人飘飘然的地方,慵懒的生活节奏和步伐慵懒的穿花裙子的姑娘,都很符合老陈慵懒的性子。

有酒喝,有饭吃,有姑娘喜欢,这样的生活哪个男人不想要?有时候我问他,唱歌是为了什么?他说是为了快乐。我说好,那快乐完了呢?他说就一辈子快乐啊。我说一辈子就在酒吧唱歌,仅仅为了快乐?

他安慰我:"当然不会了,等我做完第二张专辑我就可以巡演了。到时候我唱歌,你帮我放背投,帮我拍照,帮我卖票,到时候台下不知道多少姑娘羡慕你呢。"

那阵子我们的分歧太多了,后来索性酒吧也没去了,我在家看书写论文准备毕业答辩,隔壁屋住着另外一个歌手和他的女朋友,他们经常半夜争吵、摔东西,然后我听到那女孩拉着行李箱出门的声音。

我看看自己身处的不到十五平方米的这个房子,开始对未来感到恐慌。我觉得我应该做点什么。

那时候正好快男海选,酒吧的另一个合伙人也去了。我说要不老陈你也去吧,我舅舅刚好在湖南卫视工作,没准还能帮你打个招呼。

一开始老陈挺乐意的,后来就不了了之。彼时我招呼都打完了,老陈突然说他不去了。我说我在我舅面前没法交代,人家毕竟动用了自己的人脉,要不你还是去试试。

老陈坚持不去,理由是:这样主流的舞台不适合他。那时候民谣还没有现在这么火,老陈的担心更是让我觉得不可理喻。

僵持了半个月,学校催我回去答辩,我一边收拾行李,一边提议一起去北京。老陈说:"北京太大了生活节奏太快了,过惯了现在这种日子,我去北京会饿死的。我不是你,你是大学生,我没什么文化,我出去找什么工作不会碰壁?"

我说:"实在找不着工作你还能去后海驻唱啊,麻油叶、赵雷、马条那帮人谁当年没在小胡同里唱过歌?你怕什么?北京那么多牛逼的音乐制作人还发现不了你这颗冉冉升起的新星?"

老陈沉默不语。那段时间我们坐在一起,四目相对却经常相顾无言。他是铁了心不愿意离开丽江,他说他永远当不了一个上班族。

我问他:"我什么时候逼你放弃唱歌了,我难道不是一直在努力,为了让你更好地唱歌?"

老陈以一个拥抱结束了分歧,他说他要去唱歌了,出门的时候他在茶几上放了一千块现金。他说:"不管我以后做什么,哪怕就是唱一辈子歌,我也会养着你的。"

手机被他落在床头。虽然没有密码,但我从来没有翻过他的手机,那天不知道为什么,我鬼使神差打开了。

我滑开微信,一个来过酒吧的客人给他发微信,说公司有舞会,还说如果他在就好了。老陈回了一个调皮的表情,并让对方发一张照片过来。

姑娘发了,挺年轻,也挺漂亮。老陈发了一个"美美哒"的表情。像老陈这样不苟言笑的人,平时多跟姑娘说几句话都会脸红,唱歌之前惯用的开场白向来是"你们刚才在门口看到的那个姑娘是我媳妇儿啊,男客人不准合影,女客人不要瞎说话",大家捧腹大笑,然后投来唏嘘的目光。

这样的对话会出现,我比谁都明白,不是老陈有了二心就是姑娘太好看,他不小心心猿意马了一下。不管基于哪一种情况,这段感情在我心里都有瑕疵了。

说来也怪,那天我去送手机给他,他没有跟人说我是她女朋友,并且往后的每一天,都没再有。他甚至说,如果我不想再去酒吧,可以不去。直到今天,我都希望那只是个巧合。

他每周会定期放些钱在茶几上,他说如果我需要可以拿去用,还说希望我一毕业就跟他结婚。那钱我一分也没动过。

再后来就是我离开了丽江,来了北京,听说他的第二张专辑已经发了,其中一首词是我曾经写的诗。酒吧请了一个店长来打理,他出去巡演了。

4

我在北京混得没多牛逼,但生活的确也在朝着越来越好的趋势发展。有时候甚至觉得好得有点不真实，我越来越冷漠，泪点越来越高，我学会了退让和妥协。

这世界变化得太快了，它和我十八岁时独自离开父母看到的那个它不一样，和我与老陈携手并肩写歌唱歌喝酒时看到的那个它又不一样。满大街按着喇叭的小轿车穿行而过，我和老陈就在这人群里潦草地离散。

如果不是曾经共同的朋友告诉我，我甚至不知道巡演有北京站。他问我要不要一起去看，我说我没空。

其实那天我去了。我剪短了头发，戴了帽子，用大大的墨镜把半边脸遮住。台下大多是大一大二的小姑娘，她们手中拿着等待被签名的唱片，满脸的胶原蛋白。虽然我也不过二十来岁，但带着世故的气息站在那儿还是被反衬得又坚硬又粗糙。

演出散场之前他唱了一首《旧情人，我是时间的新欢》，还说了一段话。

他说："下面我要翻唱一首尧十三的歌，我前女友曾经说我唱歌非常像尧十三。我们第一次见面，我就是用这首歌泡到她的。今天唱起来格外应景，因为就在几个月前，我们分手了，可能她也觉得我唱歌没什么出息吧，但我一路磕磕绊绊也唱到了今天。谢谢你们来听我唱歌。还有，我已经有女朋友了。"

他背起琴准备往外走，一个戴着白色棒球帽的姑娘从后台走上来，帮他把鼓装进包里，轻轻挽住了他的胳膊。小姑娘们像发现新大陆般冲上去合影拍照，很快他被人团团围住，离开我的视线。

那个邀请我一同前来的朋友走过来："我就知道你会来。"临了又问我，
"你后不后悔？"
我摘下墨镜，摇摇头，再把墨镜戴上，转身走出 live house，朝身后用力挥了挥手。
是的，我不后悔，也不会再回去了。老陈那时候究竟有没有出轨我并不在意了，因为我知道，我并不会永远喜欢民谣，并不会永远喜欢尧十三，并不会永远陪他待在丽江，更不可能一毕业就嫁给他。

外面的世界令我们眼花缭乱，我们根本都还没定性。彼此爱过，已是最大的诚意。一起吃过的苦我不会忘记，爱给过的甜我珍藏在心。
就像最穷的时候我的卡里只剩下两毛钱，我依旧留下了你曾经送给我的求婚戒指，就像我闭着眼睛还是能准确无误地哼出你写的每一首歌，就像……就像，就像如今跟人谈及你，我能毫不避讳地说一句，我爱过你。

真正要分开的两个人，连"分手"二字都是多余的，因为殊途同归。

说分手就像是一种仪式，有了这种仪式好像能显得我们更善待这份感情，但其实，感情走到头了，分开不过是水到渠成而又无法避免的事。说与不说，自在人心。

前路还很长，我会越来越好，你也不会差。我们各自珍重。

你只是经过

我不是天生的冒险家，只是对象是你，我以为，我会一直一直这么喜欢你，一次又一次为你纵身跳下跳崖。

1

凌晨三点多，左左发来一条消息，干脆利落的四个字："在一起吧"，连个标点符号都没有，看不出悲喜。

我刚要回复，对方自顾自啪啪打过来一段话，大意是说：你不是喜欢我吗，别的女孩收到你的表白肯定要考验一下你对她们的感情是不是情比金坚吧，肯定要先把你当备胎养一段时间。跟钓鱼似的，在你上钩之前把自己想要的口红包包拿到手再说。我不管，我的爱情没套路，这一秒，我就想跟你这个备胎在一起。

我佯装镇定，内心窃喜，我回"好"，去他妈的备胎理论，我先抓住左左这一秒钟的"一时兴起"再说。

在一起的时候我们其实连对方的面儿都没见过，连语音都只聊过几句，大部分时间通过文字交流。她从不要求跟我视频、电话或者见面。平时她很忙，除了上班就是写影评，在想起来的时候，她发微信"骚扰"我一下，聊不了几句人又没影了，总之关系不咸不淡吧。

她微博跟男生亲密互动，我几乎从来不问，偶尔她主动丢过来一个表情包，顺带解释一下那是谁谁谁，我明明吃醋，却死鸭子嘴硬："放心吧，我对自己还是很有自信的。"其实心里半点谱都没有。

我也问过左左为什么现实生活里这么多男人，偏偏找一个网络世界里的男人"下手"，按左左自己的话说："懒得计较这么多了，只想找个能令我感到开心的人，做点开心的事，说点开心的话，爱情本来不就该这样吗？"

我心想，嘿，这姑娘真不讲究，但还是屁颠儿屁颠儿对她好。

2

决定和我在一起那天，左左刚结束自己长达三年的单相思，我是知道的。对方是她的上司，事业有成，略有品味，有家室，孩子即将上幼儿园。

左左暗恋人家，从人家未婚到已婚，为此在一份不适合自己的工作岗位上耗了三年。为了能在他面前留下好印象，她从一个害羞、内敛、粗糙的人变成一个会喷香水，在大会上侃侃而谈的精致女人。

对方也一直暧昧不清，突然有一天丢过来一句要结婚了，发展到后来连孩子也有了，左左的不快乐更加欲盖弥彰。

那天左左的升职酒会，晚上十一点多，对方照例送她回家，体贴地下车给她开车门，照例送了她一瓶香槟，庆祝她升职。

左左站在路边看着他把车开远，对方把车门关上那一瞬，她其实想说点什么，说一句自己爱过？或是要一个什么答案？

我不得而知。她告诉我，她用殷切的眼神看了对方几眼，如果对方随便说点什么，哪怕无关紧要的话，她也选择继续爱下去。

"他把车开走了，那一刻，我突然就累了，想放弃了。"说这话时，左左把他送的香槟打开倒进酒杯，将辞职邮件发到他邮箱，合上电脑，再把透明杯子里好看的气泡拍给我看，动作一气呵成。

她姿态慵懒，用低低的声线唱了几句陈珊妮的《花样年华》。我猜她很喜欢王家卫。

"渴望一个笑容，期待一阵春风，你就刚刚好经过，突然眼神交错，目光炙热闪烁……"唱歌的声音渐小，她怔怔地问我："你说如果他没结婚，他会选我吗？"

我很想告诉她，当初梁朝伟之所以问张曼玉："如果当时我多一张船票，你肯不肯跟我走？"是因为他笃定张曼玉也爱他，于是才做出了这种假设。而他们之间，没有如果。

我想了想，终究还是不忍开口。

她不太确定地问我："你会介意我这么用力地爱过一个人吗？"我说："我不会介意，我会感动。喜欢你也不是为了获得什么，而是希望能给予一些，得到你很开心，失去你会痛心，但愿我不会轻易失去你吧。"

她又问："我作息紊乱，抽烟喝酒烫头，随性散漫，不是什么好女孩的代表,除了嫖娼杀人,其他坏事没少干。你会介意吗?"

我说:"这个世界上乖巧的女孩子实在太多了,就让我的女朋友酷一点坏一点吧,我喜欢。"

她再问:"那如果明知我这辈子都不可能真的爱你呢?"

我说:"你看过《东邪西毒》吗?里面我最喜欢的台词有两段,其中一段西毒说:'每个人都会经过这个阶段,见到一座山,就想知道山后面是什么。我很想告诉他,可能翻过山后面,你会发觉没什么特别的。回望之下,可能会觉得这边更好。'"

我又补充,"可是年轻的时候,这山,一定是得自己亲自翻一遭才肯罢休的。"

左左问,那另一段是什么?我打哈哈,说留个悬念,下次见面的时候告诉她。

3

其实毫不夸张地说,左左就是那种"我抽烟喝酒烫头,但我是个好女孩"的类型。我认识她是在她的博客底下,她喜欢把生活琐事一点一滴记在博客里,还有一部分文章是她的电影专栏,里面收录了一些她发表在《电影周刊》《看电影》上的影视评述类文章。

留意到她是因为我那时写了一本关于各大电影导演的访谈录,找了很多家出版社,编辑都说因为写的导演太小众,没读者,没流量,不肯承担风险给我出版。后来这事就被搁置了,我开了店,在忙店里的事情。

突然我发现我的稿子被做成合集出版了,编辑是我之前投递过稿子的一位编辑，我找她对峙，对方并不搭理我，我打电话给出版社，没人接。
于是我在网上找各种和电影相关的大V帮我维权，甚至找了很多名导演名作者，但发出去的消息都石沉大海。

找到她的时候我都已经不抱什么希望了，她不算什么大V，粉丝也还在稳步增长阶段。但她是唯一费心费力替我东奔西跑的人。不仅自己转发，还帮我找了做律师、做出版、做电影的朋友四处打听维权途径，在我博客留言跟进追踪的进度。我当时第一感觉就是，这个姑娘既热心又正直。

虽然后来事情不了了之，不过我俩倒是逐渐熟络起来，我经常给她分享电影资源，她看完认真和我交流观后感。
她跟我说，博客里的一个电影爱好者路过她的城市，遇到一些不好的事，身上没有钱，想找个地方借宿，她收留了人家，她们每天一起吃饭喝酒。她丝毫不担心对方是个骗子，她说她一直崇尚"好的一面会碰撞出另外一面好"，我再次确定这姑娘心地确实不错。

第一次比较私密的交流是源于我一条关于手串的博文，我开了一家古玩店，专卖各种放在手里把玩的核桃、手串和玉佩等，她看到各式各样的手串，在底下留言："我喜欢的人很喜欢这些东西。"
我说我也很喜欢。又过了一阵子，她说她妈妈给她介绍对象，问能不能找我挡一挡，我说怎么挡，她说我随口一说拿你当借口就好啦，我欣然同意。
后来的发展就开始不走寻常路了，我毫不掩饰对她的喜欢，我给她寄各种手串，教她如何投其所好，她突然累了，提出和我在一起。

4

在一起的第二天我就提出要飞去她的城市，因为我觉得谈恋爱类似某种神圣的仪式，必须好好看看对方的眼神认真说点什么。她却总说，有缘则见，不想逃避，但又很坚持自己的原则。

我们网恋了大半年，年末她打算飞去香港看陈奕迅的演唱会。她说陈奕迅是她的年少珍藏，就像《少女时代》里的林真心，读书时代喜欢刘德华那样。

她一直想去看一场 Eason 的专属演唱会，从高中盼到现在，这回总算天时地利人和了。她独自飞过去，没想到飞机落地时第一个见到的是我，我承认我总算在她身上用了一回正常男人对女人惯用的套路。

演唱会上她听到《明年今日》和《人来人往》，眼泪不可抑制地流下来，我想走过去抱抱她，她咧嘴冲我摆摆手。

我们一起逛皇后大道、旺角，去维多利亚港，辗转各大商场 shopping。王家卫电影里的香港，在我们眼前变得具象而立体。

她甚至没有花我一分钱，晚上我们龟缩在香港的小房子里，房里有两张单人床，半夜我主动悄悄爬过去，她感觉到我的存在，翻身佯装熟睡。

我的手指轻轻划过她的背脊，意乱情迷间她说：“我还是有点儿做不到，不如我们分开吧。”

我蠢蠢欲动的手指瞬间僵住，我说："谢谢你愿意跟我在一起，如果我真的变成他那样，你会喜欢我吗？"

左左的声音在黑暗里铿锵有力："不要为了我变成我喜欢的那样儿，还是保持你本来的样子吧。只有本来就是那样的两个人，才会相互吸引，相处起来才会舒服。男人和女人彼此相爱，总归是为了给对方带来幸福和温暖呀。我的意思是，能让我们卸下防备、用本来面目示人的伴侣，才是最佳伴侣。"

你是我的最佳伴侣，但我不是你的，和我在一起，你连呼出来的气息都是经过修饰的，你在我面前太"端着"了，因为你怕失去我，因为你知道，我不爱你，我要的只是你爱我。

第二天醒来左左已经提前走了，我打车去机场，登机后座位旁边是另外一个从杭州来看陈奕迅的女歌迷，她跟我聊了一路，还问我要了微信。

抵达后，我给左左发微信报平安，发出去的消息旁多了个红色感叹号，我翻了翻她的博客，好像改名字了。

偌大的机场人流如织，我心里空荡荡的。不过，曾有一首歌让我们满足到落泪，人来人往，她过得好，我就知足了。

关于《东邪西毒》里我最喜欢的另一段台词，我还没来得及告诉左左呢。那是慕容说的：

"如果有一天我忍不住问你，你一定要骗我。就算你心里多不情愿，也不要告诉我你最爱的人不是我。"

第四部分

千帆过尽

P161—205

我们终其一生都在规划出发，
而后寻找，最后历经劫难才想起回归。
远行与回归，
回归的路要显得更漫长。

藏在手机里的男朋友

我们之间的关系,像触不到的线,我不再登录平台的时候,播放器滚动到冬野的歌就会想到你,看到娄烨、张元、王小帅、贾樟柯也会想到你,和朋友谈起初恋默默想起你,或者在 KFC 点一份薯条,也会觉得你在某个角落悄悄坐着。这样的关系断不掉,生活是什么样子,得看你认为它是什么样子。

1

2013 年 6 月 29 日,左立翻唱了宋冬野的《董小姐》。一夜之间,全城的咖啡馆酒吧甚至小卖部都在放这首歌。也许他们都没看过鼓楼的夜色,但早已学会了抽兰州。

那一年,宋胖子被全国大部分文青所知晓。

从 The Dust of Time 回来的公交车上,也在放这首歌。章鱼先生决定和他的董小姐去橘子洲看烟花。那天的橘子洲人很多,熙熙攘攘。

不能吃辣的章鱼对路边摊的臭豆腐好奇极了。他们沿着长长的走道往前行进,就是在这条路上,章鱼第一次牵起了董小姐的手,并亲吻了她。

嗯,一个臭豆腐味儿的初吻。

章鱼先生也是在这个夏天才决定从桂林跑到长沙来找寻自己的董小姐的。那个天性浪漫、敏感多疑、嘴上一句带过心里却一直重复的董小姐。

每次打开语音播放键的时侯,章鱼察觉到她的语气欢快而充满力量,他一点一点证实自己的猜测:他碰到了一匹不安分的野马,一切充满不确定、新鲜感和刺激。这些感觉环绕着章鱼,他觉得董小姐就是自己的未知。

所以他把年假的第一站选在了长沙,就是为了来找这些特殊感觉,它们如此强烈,也可以说是巧合。章鱼迫切地想了解这个18岁少女的生活。

准确地说,是来了解自己病人(来访者)的生活。

2

不是章鱼先找到了董小姐,而是董小姐先找到了章鱼。凌晨1点40分,董小姐穿着白色帆布鞋踩在柔软的酒店地板上,一家一家地敲门,试图把章鱼翻出来。

章鱼有些胆怯,他并不愿意见她,因为有一种抹不去的担心。现在拥有的东西已经让他满足、感动、幸福,他并不想得到更多。一次见面也许会把这些东西给置换掉,而章鱼最不能确定的是,换来的会是好还是不好。于是他更愿意这种感觉停留在自以为最美好的时候。

偏执的董小姐偏不罢休。她动用一切方式了解章鱼的真名、电话、身份证信息。最后,她利用章鱼仅仅提过一次的老家地址挖出了章鱼现在的手机号码。

互联网时代真是要人命。

章鱼打开酒店房门的时侯看到一个面容清秀的姑娘,和想象中一模一样。只是,年纪看起来比想象中更小。她小心翼翼地坐在床沿,看起来有些局促不安,投递过来的眼神慌慌张张,里头盛满对爱的渴望。
章鱼的脑海中浮现出一个词汇:移情。

"移情"这个词最早源于精神分析学说,通常指的是来访者(罹患心理疾病的人)在接受治疗的过程中,对分析者(心理咨询师)产生出的一种强烈的情感。这种情感里,自然包括爱情。
这一点,对于拿到执照的心理咨询师章鱼而言,自然是再清楚不过的。

3

一天中董小姐最害怕的时刻就是天色逐渐亮起,东方开始泛着鱼肚白。所以对于失眠这件事情她比一般人更容易感到焦虑。更不幸的是,她经常做噩梦,梦里一个中年男人跪在客厅的碎玻璃渣上,跪在她面前,恶毒地说:"你还念什么书啊,怎么还不去死?"

这个中年男人就是董小姐的父亲。
"父亲" 是一个冰冷的词汇,也是她噩梦的源头。也因为这个契机,她认识了章鱼。
章鱼是一个心理咨询师,董小姐是他拿到执照后的第一个病人。

董小姐的确有一些心理疾病,她的父亲是一个酒鬼,因为酗酒时常伤人,有严重的家暴倾向,在监狱改造过好几回。每次一出来就会故态复萌。

那天,她的父亲又喝醉了,拿起家里的板凳往母亲的头上砸去,然后头也不回就下楼了。董小姐疯了,她把桌上父亲吃剩下的饭碗拿起来,从五楼甩了下去。哐,碗掉落在刚下楼的父亲的后脑勺上。

父亲气势汹汹地奔上来,从厨房里操起一个热水瓶摔在地上,内胆的玻璃渣蹦出来,在客厅的地板上雀跃地舞蹈,碎片蹦到董小姐的脸上,她眼里带着狠戾和决绝。

于是有了梦境中的那一幕。她的父亲说:"我不要你了。"也好,这样就不用在他们打架的时侯,一个人躲在阳台的储物柜里了。也不用担心半夜母亲会疯狂敲打自己的房门,然后头破血流地冲进来。

在除夕来临前夕,她离开了家。在火车站静坐了两天两夜,背包里有一本《挪威的森林》,村上春树在里头说"唯有死者永远27岁"。她转念一想,要活着才好啊。她才18岁呢,距离死亡还有9年。

4

索性从河东跑到河西,租了一个小房子,从不回家,每天傍晚定期打一个电话给母亲,确认她还好好地活在这个世界上。

在那段时间里,董小姐几乎都快自我诊断成抑郁症了。她逗留在各大心理聊天室、贴吧、豆瓣、公众号等,希望寻找到自己还是一个正常少女的蛛丝马迹,也想为自己的情绪找到一个出口。她是渴望倾诉的。可这世界上的人都太忙，忙着生忙着死忙着为生计奔波，她怕燃起失望又陷入绝望。

那会儿她急于证明自己是个精神病，心理测试卷做了一套又一套，在各种社交平台用小号留言诉说着自己的困惑，但说出口的话全部都石沉大海没有回音。

某一个夜晚，她决定豁出去，用自己的大号诉说，回复她的就是章鱼。他开了一个叫"晚安，再会"的公众号。名字听起来有些非主流，公众号的介绍里写着：你说晚安，我说再会。

回复的关键字里显示，章鱼是一个有一家自己工作室的心理咨询师。
他用一些专业术语和一些照片，取得了董小姐的信任。最重要的是，他是一个喜欢看电影的心理咨询师。偶尔董小姐对这个人感到好奇，会问他在哪个城市。章鱼用电影《第六感》的台词来回复她："Maybe we can pretend like that we are gonna see each other tomorrow."（你可以设想，假使我们明天就见面。）

5

章鱼试图治疗董小姐，但她的心理抗拒程度远远超出预期。他们每晚通过章鱼的电脑和董小姐的手机交流，既不互通电话，也没有互留微信。
对话框里，除了他们之间的交流，还夹杂着许多平台的自动回复。章鱼告知董小姐，来访者的秘密会被记录在一个档案簿里，除非意外死亡或者刑事纠纷才可以调动查看这个簿子，否则咨询师是不可以透露他们的秘密的。
董小姐不信。不过在那段日子里，失眠的时刻好像也没那么难熬，他们上天入地地胡掰乱侃，想到什么说什么，简直百无禁忌。

互相分享一些糗事，章鱼对董小姐说他的袜子已经塞满了床底下的一整个纸箱，而他的电脑桌就在纸箱旁边。"所以我们的对话其实是带着一股味儿的。"
董小姐淡淡地回一句：我瘦了。章鱼说，在男孩子心里如果一个女生瘦了那一定意味着她又没少遭罪了。董小姐可以想象到，他说这话时，语气一定很温柔。

董小姐爱写点小东西，也听魔岩三杰和许巍。章鱼也是。她偶尔把写好的字字句句发给章鱼，章鱼细细地看，可以看到一些她隐晦的、难以启齿又渴望表达出来的秘密。
董小姐失眠，章鱼也从一个作息正常的人变成了一个熬夜的人。用他自己的话来说叫专业精神，实际谁知道呢。

三个月里，董小姐和章鱼彻夜长聊，他们从第一代导演聊到了第五代，讨论得出张信哲的《爱如潮水》也有可能是一位父亲写给女儿的歪理邪说。
那时候宋冬野还不红，在豆瓣小组发歌，一帮小众一些的青年男女还挺喜欢。董小姐推荐给章鱼，章鱼一首一首下载下来听。比如《年年》，比如《董小姐》，比如《安和桥》。章鱼调侃她：董小姐，你嘴角向下的时候美吗。

董小姐清晨五点跑步到岳麓山脚下，再爬到山顶，偶尔会发一张日出的照片给章鱼。后来董小姐开始羡慕别人夜里睡得着，学着适当把自己的诉求表达给章鱼。章鱼教她把撑衣杆立靠在门背上，说门有什么动静它就会倒下来，这样有安全感一点。董小姐乖乖照做。

6

夜里做噩梦醒来的晚上，章鱼就在手机的另一端。只要手机有信号，这个soulmate就在线上。一句"我感觉你还会醒，我怕你半夜醒来找不到我"，让董小姐想知道爱情的滋味。

相爱的第一步是了解。不能原宥的往事总要有一个人来陪自己负重前行。如果真有这么一个人，十八岁的董小姐希望会是章鱼。

章鱼心理咨询师的身份正式开始派上用场，他循循善诱："你不是在和过去的你搏斗，你在与已经发生的事件搏斗，这是不对等的，他们不会运动不能自主无法改变，就像一只长毛兔要与一团毛线球搏斗。"

董小姐反问："兔子抱毛线球已经抱了这么久，那谁来抱兔子？"

章鱼一时语塞，他懂得了董小姐的期待。只有在这些时候，他会觉得电脑对面的人特别有女人味儿。在思考一些重要事情的时候，章鱼往往选择理性判断。如果他们继续探讨有关于关系问题的话题，那他们之间的关系会越来越不受控制吧。

这种关系可能朝着彼此所共同期望的那个方向走去，也有可能会随时崩溃。当然他不希望后者这样的结果出现。

2015年7月6号早上7时55分，董小姐的手机系统坏了，所有的聊天记录通通不见了。前一天晚上，她暗想：这种关系究竟有多脆弱呢，只要关掉电脑关掉手机可能这辈子就再也不会联系了。

这个世界上当真有个词汇被称为无处告别。

7

手机坏了，董小姐同章鱼失去了联系。一星期以后拿到手机，董小姐发过去信息，对方没有任何回应。彼时的章鱼开始了年假旅行。身边没有电脑，那会儿的微信公众平台，用手机也无法登录。

董小姐好不容易有所改善的睡眠一夜之间被打回原形。

彼时的章鱼已经身处河西了。从湖大一直走到阜埠河路，没想要抬头看看，偏偏在一个人的咖啡馆下面抬了头，看到门口的字他吓坏了。他想缘分有时候很奇妙，章鱼要找到董小姐生活过的蛛丝马迹并不困难。

半夜的时候他也独自去爬岳麓山，想象着董小姐奔跑在这条路上的样子，笑容一定很甜。上山之前他特意找了山下所有的 KFC，董小姐曾说她在这里度过了人生中第一个新年。KFC 里有一个孤独的老头，无处可去，她经常给他买早餐。

帅哥烧饼也看到了，店长果然是董小姐花痴的类型。少女心的董小姐很难得。大部分时候，她是战斗力满分、充满防御机制的。章鱼还特意多看了两眼。只是太早，烧饼还没有。

晚上回到酒店，章鱼打开房间里的电脑，看到董小姐的留言。作为一个心理咨询师，他知道这是不对的。可作为一个男人，董小姐实在散发着致命的吸引力。心有疮痍的人付出的真心通常更为珍贵，何况，这是一个审美极高、面容姣好的十八岁姑娘。

章鱼一说自己在她生活的城市，就有了开头的那一幕。她见他的心情太急切，甚至忘记了这个男人掌握了自己的一切秘密，是比父母更了解自己的人。
董小姐和衣躺在章鱼的床上，耳边传来他轻柔的声音："董小姐，你嘴角向下的时侯很美，就像安和桥下清澈的水。"

一切都太不真实了：一方面，这个人了解她的一切，包括她内心的阴暗面；一方面，即便如此，他还是愿意重陪她走一遭。
他是特别的，董小姐暗暗想到。

8

在相隔不到三十厘米的距离里，董小姐把章鱼的睫毛数了个遍，最后究竟多少根她并不清楚，只知道自己做了一整晚的美梦。
一夜过去，脑袋随着身体机能的恢复而变得清醒起来。她做尽了各种疯狂的事儿，说尽了各种疯狂的话，而章鱼却全盘接受并且予以理解。
现在是最令她感到满足的一个夏天。

她带章鱼去 The dust of time（时光之尘）学咖啡拉花，去 46 live house 听歌。那会儿的 46 不定期有一些小众歌手去演出，一帮人站那听歌，微微晃动身体。董小姐握着章鱼的手微微潮湿。

两人像是连体婴儿，吃饭洗澡喝水呼吸都不分开。董小姐想做点儿更亲密的事，章鱼立马严肃起来。逼急了他也挑逗她，灵活的舌头在她身上流连，紧要关头，董小姐调侃章鱼是"经验先生"。

"我不是经验先生，但是如果我是白纸姑娘，恰巧又被划到了的话，我会这么叫一声（啊……）这是一种类似于人类被划到时所发出的拟声词儿。"30多岁的章鱼又成熟又有魅力，董小姐很快陷了进去。

二十天假期，章鱼满满当当分了一周给长沙。走的时侯是清晨五点多，董小姐去车站送他，手里握着一瓶百岁山。进站口不让进，董小姐知道章鱼是留不住的，他也不属于这里。

眼睁睁看他走掉，董小姐没哭没闹。她没问章鱼还回不回来，也没有问他接下来去哪儿。送走章鱼后，董小姐去了火车站附近的一家网吧，她查到章鱼的工作室就开在桂林雁山区的一条分岔路上，离广西师大不太远。章鱼说那里有一年四季穿着小短裙走来走去的姑娘，还有满室的桂花香味，以及，烂大街的啤酒鱼。

"我不会对桂林做介绍的。我出来玩也不喜欢有计划，一有计划，感觉就要被破坏了。我是蒙多，想去哪儿，就去哪儿。你毕业旅行或成人礼的时候就去桂林吧，你可以把留在我这里的档案取走。"

章鱼走了，董小姐回到了自己的小窝，望着天花板昏昏欲睡，仿佛做了一整个夏天的美梦不愿醒来。迷迷糊糊中她给章鱼打电话，显示是空号。章鱼走得就像他来时那样悄无声息。

董小姐的日子和从前并没有什么两样，逐渐变好的作息每况愈下。她没在后台再留过言，早熟的董小姐知道，这么了解自己的章鱼，不会真正爱上自己。爱恋的新鲜是每个人都抗拒不了的，但持久是另外一个话题了。

章鱼走到了青海湖，日出很美，他忍不住用路边小卖部的电话给董小姐打来了一个电话。那时是凌晨，章鱼说他在外边搭帐篷，有些寒气。董小姐什么话也没说，安安静静说了一句晚安。电话那边默契还在，轻轻地回："后会有期。"

9

一个夏天过去，董小姐都要上大学了，章鱼去了哪里，她自然无从得知。她一个人背着双肩包去了一趟桂林。去的时候，听说宋冬野来了长沙的 Livehouse 唱歌。这会儿最流行的已经不是《董小姐》，而是《斑马斑马》。

去雁山区的大巴看起来很接地气，章鱼的工作室和他描述的一样，简简单单，连招牌也不大。
工作室没有开门。董小姐拨打那个烂熟于心的号码，拨通的时候是一个女生接的。董小姐当然没有像所有正常的女孩子那样哭哭闹闹，因为曾经的这个人本就不属于她。她挂断电话，搭上去阳朔的班车。章鱼说那里是他喜欢的，她还是想去看看。

手机传来讯息声。

"我想我和你都不应该否认,在生活中部分情况下你表现出来的是优点和长处,这些就能带给别人能量,而你本身就是一座宝藏,虽然看起来是一座孤岛,但是海水一直把你围绕,只是它们看起来太普通太平常太多太应当了。你给了我谈恋爱的感觉,但我们不会是彼此的爱人。"

章鱼说他需要一个如文秘般敬业、可以替他打点一切的女朋友。最后,他又传来一条讯息,还是那四个字:"后会有期。"

很久以前,他们讨论婚姻和性自由,章鱼是这样阐述的:"婚姻与性自由也理解不了,就像小朋友在岸边看别人赛龙舟,既没有婚姻的念头,也没有性自由的想法,别人争得好激烈,我也只看得很开心。"

不知道章鱼最后会不会结婚,自从她送他搭上去青海的列车,他们就再也没见过。

新手心理咨询师和第一个来访者之间的情感联结,就像是一把诊疗椅的梦境,美好但容易醒来。

她不知道章鱼现在在哪里生活,看什么样的日落,听哪种风格的歌。可是董小姐知道,在世界上的某个角落,存在着一个"手机里的男朋友"。

如果你见到他,请替我说上一声:"后会有期。"

虎口脱险

的确是我们在玫瑰花上所花费的时间,让我们的玫瑰花变得更重要。但我们不要忘记,最初为什么会在玫瑰花上花时间。更不要忘记,玫瑰花也有她的自由意志。

1

我和宋屹从相识到相恋,前前后后只花了不到二十天的时间。确立男女朋友关系的时候,我们还没有见过面,甚至连一个视讯电话都没有过。两个口口声声说着"爱情不过是生活的屁"的人,隔着屏幕准备交往。

二十天,如果你从早到晚和同一个人保持稳定频次的坦诚交流,几乎可以把对方的前半生了解到八九不离十了。于是,在无数观点不谋而合之后,我们理所应当觉得自己一定是遇到了"灵魂伴侣"。

"灵魂伴侣",听起来是个挺悬的词儿。就连起初的宋屹,也这么想。他二十八岁了,只谈过一段恋爱,还是个铁骨铮铮的"小处男"。他特别想挣钱,他觉得现在这个节骨眼如果谈恋爱,会耽误工作不说,长久下去很可能就是"人财两空"。

我们是在一个记者交流群里认识的,里头聚集着一大帮子拥有新闻理想的人。我几乎不看群消息,更不聊群。那天在群里发表观点,纯属意外。

那天大家热火朝天地讨论一个话题,我抛出了一个观点,众人叽叽喳喳一顿探讨过后,宋屹紧接着抛出了另一个观点,我眼前一亮,开始留意他。因为他抛出的那个观点,和我接下来想说的话如出一辙。
所以他当天晚上加我,我毫不犹豫地同意了。

我以为他会像个学者那般抓住我巴拉巴拉进行一番深刻探讨,谁知他只是发来他领养的流浪猫。很久以后,我才知道,他是看我朋友圈里有一只猫,他猜想我会喜欢猫,若以此来展开话题定能博得我的好感度。
他是鸡贼的,也是细致的。那晚我们从养猫心得聊回新闻,又聊到文学、电影、诗歌、哲学。那几年我好不容易积攒到的一些知识储备,几乎在和他三个回合的交谈过后,就一股脑倾泻了出去。

2

那半个月我几乎做什么都抱着手机,时常坐在马桶上陪他聊时事。他提出在一起的时候,我也觉得顺理成章。因为和他相处很舒服。
我刚开口,他就知道我下半句。我说讨厌省略号,后来的聊天记录里就再也没出现过省略号。我说讨厌和人发生亲密关系,他也就一副无欲无求的派头。

在一起之后，也仅仅只是吃了顿饭看了场电影就各自回家了。中间他去外地出差，我留在上海做采访，偶尔打电话，每次都是说不完的话。

他写不出稿子的时候，会突然丢给我一个命题，让我帮他找角度。得到中意的想法以后，他就心满意足地奋笔疾书去了。

他每天提醒我按时吃三餐，锻炼身体，定情礼物我收到的是一张私人会所的按摩年卡。如果不是一些必然会出现的小插曲，我几乎都要以为，宋屹面前的我就是真的我了。

积极的、热爱生活的、善于思考的、正向的我。

天知道我待在自己那栋 65 平方米的小房子的时候，永远不开灯，从早到晚酗酒，对人世没有任何欲望，不关注自己的体重和仪态。所以，当我和他第一次见面，他对我臃肿的身材不以为意的模样，反倒让我小小地惊讶了一下。

但一旦恋爱，产生亲密关系，是早晚的事。宋屹第一次去我家，是在交往四个月以后。

我把家里的酒藏进储物箱，把烟灰缸清理干净，假装是特意为他准备的，然后又带着眼罩给房子通了风，往阳台添置了一些新鲜绿植。做完这一切，我挽起袖子做了一桌饭菜，等待着他的到访。

3

事实上，我明白他的此次到访意味着什么，我们的关系可能会就此更近一步，即便我内心是如此抗拒。我讨厌别人来我家，讨厌别人侵犯我的私人领域。

饭后我们一起窝在沙发上看电影，片子又臭又长，宋屹的手开始不规矩起来。他试探性地亲吻我的额头，再是面颊，最后落到我的唇齿间。他像只小心翼翼的啄木鸟，一下一下啄吻我，直至胸口。

他掀起我的裙子，把手伸了进去。我如同触电般，打落他的手，狠狠踹了一下他的小腿。他瑟缩在沙发上的身躯顿了顿，抬起头看我，眼神里的困惑带着浓重的意乱情迷。

"你走吧！"我毫不留情地下逐客令，起身把他推到门外，把他的鞋子丢了出去。我不去管门外他的眼神，只是蹲在沙发角落小声啜泣。

宋屹受过良好的教育，平时也彬彬有礼。所以他觉得自己冒犯了我，他发来道歉消息，送来道歉礼物。

礼物是一支钢笔和一盒墨水，礼品盒里有他的手写信。信的内容无关痛痒，最后大致表达了他不应该如此急切，会给我时间这样的主题。

他究竟有没有太过急切，其实我内心有答案。更何况，他已经不着痕迹地做了一个男朋友该做的一切。

每月的14号我几乎都能收到礼物，仪式感满满，平时一起出门，我永远被护在马路里边，吃饭的时候他剥虾、挑鱼刺，就连一起听音乐，他也会将音量调整到我觉得舒服的大小。

他把我介绍给他的家人和朋友，去哪里永远提前报备，晚回家会耐心解释原因。聊天聊到一半睡着醒来第一件事一定是给我打电话道歉。

如今，他只是像一切正常的男人那样，对我提出了生理需求。意识到自己可能有些过分，我开始主动邀请他来家里做客，每半个月一次的频率。

渐渐的，家里新添置了漱口杯、牙刷、男士毛巾和剃须刀。我们一起做饭洗碗，偶尔他也留宿，但早已不敢轻举妄动。再后来，我们拥抱、亲吻、抚摸对方，他当然也会有急不可耐的时候，手每每接触到私密部位，我便浑身发抖大汗淋漓，好几次严重的时候眼泪猝不及防地掉下来。

他被吓坏了。也许，他知道，我有秘密。但他聪明地选择不主动问起，任由我们之间隔着一个秘密。

每次他离开我家后，我的情绪会低迷一段时间。但只要他一来，我又好上那么几个小时。大概是因为，他身上有我喜欢的，春天的味道。

春天会让我暂时忘却寒冬给人带来的阴霾和痛楚，会让我忘记男人的劣根性。

4

大概和宋屹相处久了，冬天似乎变得没么难熬。这一年的春天早早就来了。我觉得我差不多是时候准备好了，又免不了是一番沐浴焚香、鲜花香槟之类的仪式感。

他进入得很顺畅，我轻轻呻吟，将他眼底的不可思议尽收眼底。他一开始觉得我是毫无这方面经验才害怕这件事的，现在想来，他一定会觉得是我不愿意吧。

恋人的眼神有时像是绵密的针，只需轻轻一戳，你的整个灵魂便轻而易举如阳光下的彩色泡沫般彻底破碎。我只好假装不知道这眼神意味着什么。

开了荤的男人往往毫无节制,我每每被折磨得精疲力尽。对于某些私密的事,我们是配合度极高的,我能感受到他的快乐和满足。但我们中间,却也着实隔开了万重山。

我开始间歇性地失联,不回复他的消息,无视他打来的一个又一个电话,自顾自活在狭隘的世界里。亲密的时候,又回到判若两人的状态。
我的精分时常让他摸不着头脑,何况他也忍受不了这种若即若离。他的耐心很快被耗损,他第一次发脾气:"你让我感到自己很无能,我还要怎么做才能让你觉得我是爱你的呢?"

他说这话的时候,瑟缩在我家沙发的一角,和平时牛高马大的他很不一样。我伸手摸过去,我感觉到他眼角的湿润。我想,或许我做错了,个体的特性千差万别,我不能一概而论。
更何况,那时我已经开始害怕失去他了。我想,我是爱着眼前这个人的。我决定竭尽全力坦白一些。

我也有过纯粹追求精神伴侣的阶段,只是我当时的爱人不以为意,他跑去别人那里找存在感。我以为只是我没有满足他,他不堪忍受于是出轨,索性我也就放下矜持了。
谁知日后也只是换来他的习惯性出轨,最糟糕的时候,甚至把他和另外一个女人的亲密照发送到我手机上。
这举措实在恶心到我,本就对那回事概念模糊的我开始更抗拒了,认为它仿佛是万恶之源,认为男人的得到就是女人失去的开始。

我尽量平静地讲完,轻轻问他:"你能理解我吗?他留下的坏东西深入骨髓,直到现在还在影响我。"

他把手伸过来,摸摸我额前的碎发:"我能理解。但事实是,你不能因噎废食。"

5

我以为这次坦白会换来一段长久稳定的关系,事实证明人生充满各种意外。宋屹来我家的次数变多,我们的关系也的确变得更加不分彼此。我们已经亲密到——他可以将我的指纹大大方方录入到他手机里了。

我知道他是想用实际行动告诉我,他在我面前没有秘密,我也可以在他面前放心做自己。

我把家里的酒和烟丢掉,开始定期开窗和去花市。我的生活总算有了一丝生机。如果没有那次手贱的话,我们的关系大概永远不会破碎,我会一直享受着他的高情商带来的舒适度。

那天亲密过后他去浴室洗澡,手机响起,我鬼使神差地将大拇指放上去,是一个四个人的小群,另外三个是他从小到大、为数不多关系较为亲密的朋友,他早已郑重其事向我介绍过。

聊天内容是男人之间平时无聊的互坑,我不小心往上滑动,果然看到不该看的。

他们四个一起讨论爱情,聊到各自的前任。宋屹说:"我现在的女朋友除了外貌,其他都比前任好太多,善良,有才华,会赚钱,懂得体恤人。"
其中一个朋友调侃他:"那你凭什么觉得人家会一辈子对你不离不弃?"他的回答让我大吃一惊。
他说:"她有述情障碍伴随着中度的抑郁倾向,和我在一起,她能感到舒服自在。而且她前男友出轨了,是我让她走出这个阴影的。"他平淡的口气就好像在说:"我今天喝了一杯凉白开。"

总觉得有哪里逻辑不太对,但我很快又释然。我想起以往我和宋屹互赠礼物,宋屹总会直接截图订单价格给我,而在往后的闲聊中,他又会无意中透露出自己在哪里看到过我买的东西,价格大概在多少,问我有没有买贵之类。若是我俩互赠的礼物等价还好,若是不然,这种无形的比较总会让我喘不过气来。

现在我恍然大悟,这种你来我往的恋爱,就像两个高手在过招。我付出多少,是为了最终的收成。我知道做什么会触动你,于是我这么做了。而并不是因为你是你,我爱你,于是我这么做了。
此时此刻,宋屹当初的那句"我能理解",就显得很虚伪了。因为他在刻意表现他的大度,他在彰显他比我的前任更优秀、更适合我。就像每次他来我家总会带些水果零食之类,他会告诉我说,是他妈妈叮嘱他的。
事实上,他妈妈并没有叮嘱他这么做。他觉得这么说,能提前为婆媳感情提供一个良好的基础,以此杜绝婆媳矛盾的后患。

6

他从浴室出来时,我握着他的手机面无表情。其实,我当时就下定决心,结束这段关系。

他觉得我莫名其妙,直到我把信息念给他听。他很快解释说,这只是男人之间的相互吹牛和调侃,他没有意识到这些事不能告诉别人,这是我们之间信息不对等出现的偏差,何况他就这么几个知心朋友,定不会害他,也不会害我。

他这么一说,我只感觉到自己更伤心,甚至有一些委屈。我下定决心告诉他这些让我感到痛苦的事,背后经历了无数的煎熬和挣扎,我以为他真的理解了我,我以为我遇到了合适的爱人。

我分手的姿态很决绝,直到最后一刻,宋屹还在挣扎,甚至有些刻薄地埋怨我,觉得我仅凭这一件小事就否定了他长久以来的努力和付出,觉得我只想着自己。

他提出了一个约定,他让我给这段关系一个月的缓冲时间。他说,如果真的爱一个人,一个月内,总有那么一两次会想起对方,会有想要和对方联系的欲望。这样,就能顺理成章找个机会和好如初了。

我承认宋屹说的都是对的。他双商一直在线,深谙人与人之间相处的规律和哲学。我觉得,他能和一个有述情障碍的人相处这么久,全凭他超高的情商和一流的共情能力。

但我还是拒绝了。情商这个东西,用于社交里,偶尔一次两次可能会给人带来滴水不漏的舒适感。一旦被频繁使用在一段朝夕相处的亲密关系中,反而显得有些不真诚了。

对于宋屹总是在套路面前冠以"真诚"二字这件事,我始终不敢苟同。

《爱情公寓》里,张伟和胡一菲打赌时说:"和我打赌,不是看你想要什么,而是看我有什么。"延伸到在爱情里又何尝不是如此呢。

爱一个人,若是不能给对方想要的,如何评判这份付出呢。那就是,不是看你想要什么,而是我在我有限的"拥有"内,愿意为你付出些什么。

北京，北京

我们终其一生都在规划出发，而后寻找，最后历经劫难才想起回归。远行与回归，回归的路要显得更漫长。

1

我出生的那一年是 1985 年，歌手费翔在春节联欢晚会上演唱了一首《冬天里的一把火》，两年后大兴安岭着火了。火光肆意蔓延，炽热的温度融化了雪，灰烬随着雪水又再度凝结，世界满身污泥。

后来，费翔又唱过一首《小雨来的正是时候》，结果南方发了大水。大家都说这些是费翔唱出来的，我觉着，就是费翔的歌太火了，深入人心，人们茶余饭后想要编个笑话作为谈资，过个嘴瘾。认为天灾和名人有关系，这种自我麻痹式的调侃，长大后就在生活里很常见了。

从出生到现在我一直活在各种谎言里，父母的谎言，朋友的谎言，爱人的谎言。我听到的第一个谎言出自接生婆之口，她说"我"是一个大胖小子。事实上我从小到大一直很瘦。

最重要的是，我自己对自己的谎言。我给自己编织一个又一个绮丽的梦境，再亲手用另一个谎言毁灭它。一生下来，每天都有两个我存活在世间，就像六耳猕猴和孙悟空。一个出类拔萃，在人（猴）群中有较高的地位，一个天生石猴，铁石心肠，没有朋友。

白天我是世故的六耳猕猴，夜里我是长情的孙悟空。偶尔，猕猴企图作乱驯服悟空，逼迫悟空世故。每到这个时候，我都会痛苦到失眠。

2

据说妈妈怀我的时候，生活很贫寒，严重营养不良，生了我之后也不产奶，所以没接受过母乳喂养的我小时候总生病。

生下来之后，从我有记忆开始，妈妈不是在做吃的，就是在去找吃的的路上。每次开饭的时候，妈妈总不在我身边，我也没人喂，我只会重复地问我爸那一个问题："我妈呢？""我妈呢？"爸爸会说："你妈给你找吃的去了。"

长身体的时候吃不饱，再加上吃了上顿没下顿的，我常常会在吃完我的那一份后，抓住妈妈的饭碗不放，这时爸爸会说："这是你妈的。"我也会跟着重复一句："你妈的。"最后我爸会把他那一份也给我，我第一次说脏话，居然是在一个这么幸福的时刻。

上幼儿园的时候，我爸妈在镇上靠卖水果为生，家里时常会有成箱的新鲜水果。小孩子总归是贪吃的，我最爱吃的是香蕉，但妈妈每次给到我的，都是几乎快全烂了卖不出去的香蕉。为了知道新鲜香蕉的味道，我把纸盒底部划出一道开口,偷偷拿出一束香蕉,躲在房间里开始狼吞虎咽。

好多年以后,我爸告诉我,那天他就站在门口,隔着一道门缝看着我,既开心又难过。看到我吃得这么满足他很开心,没能给我更好的生活,他很难过。

3

我天生就很会演戏,最会演的是哭戏。小时候父母去镇上卖水果,把我托管到奶奶家,奶奶脾气暴躁,经常说要用枕头闷死我。每当察觉她有这个行动趋势的时候,我就坐在地上哇哇大哭。左邻右舍过来围观,我只是哭不敢多说,我怕我奶奶气急了真的会用枕头把我给闷死。

上学后演技更是变得炉火纯青。因为大家开始知道"好"与"孬"了,这层价值判断时常被代入到哪个小孩拥有的玩具更多、有更多零食这一点上。为了那一丁点莫须有的虚荣,也为了能交到更多朋友,那时候小卖部里一旦出现什么新鲜的玩意儿,我总是第一个买到手的。尝一次鲜后,再装作毫不在意地丢给其他小伙伴,他们不知道,那是我多少顿午饭的钱换来的。

同班的小黑有一把精美的玩具手枪,我十分羡慕,也想要拿过来玩一玩,小黑和他那个在城里做生意的爸爸一样精明。他说我想要玩可以,但是必须得拿钱去租。

那是我人生中第一次偷钱,为了一把玩具手枪。家里的房子是土砖房,我爸妈的钱总会塞在各个墙角缝隙里。我偷偷拿走了妈妈的五块钱,手枪拿到以后我爱不释手,想要有个人和我一起分享瞄准、射击的喜悦,可惜无人与我分享。

枪还回去的时候我意犹未尽，谁知当天晚上小黑竟然说他的枪被我玩坏了，要求我赔偿。肯定是他自己把枪弄坏了，想勒索我。我不以为意。但小黑说如果我不赔他，就要找到我家里来。这样一来，我妈妈一定会发现我偷了她的钱。我虽然内心恨透了小黑，但我不想让我妈知道我是一个坏孩子，于是有了第二次盗窃。

十五块钱在当时可不是一笔小数目，妈妈很快就发现她的钱不见了。她质问我，我咬紧牙关不承认，她开始"上刑"，拎起我就是几巴掌，拍在我屁股上火辣辣地疼，但我就是咬紧牙关不肯承认。当时我既怕我妈知道我是一个小偷，害怕我妈不相信我，也觉得我是弄坏别人玩具的坏孩子。事情以打我一顿告终了，妈妈并没有从我嘴里得到实话。

村里巴掌大的小事都能被传来传去，那件事似乎成为我人生的分水岭。大家都知道了，我是一个穷小子，我妈妈是卖水果的，我爸爸在澡堂里给别人递拖鞋，偶尔捡破烂。那会儿小黑还传，我爸手脚不干净，是一个会小偷小摸的人。

我气极了，跟小黑打架，总不吃饭导致我营养不良，我谁都打不过，何况他还有那么多帮凶，和小黑的一战以我的鼻青脸肿结束。更可怕的是，从那之后，谁都敢也都热衷于欺负我了。

男孩子朝我脸上啐口水，女孩子把我围在人群里，用削得细尖细尖的铅笔扎我的胳膊，有一段时间我的胳膊上密密麻麻全是细碎的小洞，为了不让家里人发现，大夏天我也穿着长袖上学。

我虽然精瘦，个子倒是不矮，但空有个子并没有人怕我。那些身高还不到我胳肢窝的人，扑上来对我拳打脚踢，末了还不忘踹上几脚作为告终的仪式。

成年后大家都知道我跑步很快，但却不知道我为什么跑步快。他们可能只是单纯地想：腿长是优势。其实人的各项潜能基本都是被逼出来的。那时候，每天放学干的第一件事就是跑步，特别高的墙三两下就爬上去了，四面都是一帮熊孩子排着队追着我跑，就是为了打我。

上中学以后日子并没有更好过，因为小黑也跟我在同一个学校，我怀疑他整个青春期唯一的乐趣应该就是拉帮结派地伙同别人欺负我。在一次又一次亡命天涯般的锤炼里，我在秋季校园运动会上替班级夺得了不少跑步冠军。

4

那会儿我已经开始有一种意识：落后使人挨打。那个年代，社会还不开放，没有一个公知提出"校园霸凌"这个概念，老师们自顾不暇，如果不是闹出什么惊天动地的大动静，他们也不想无端为自己增加工作量。

没有小孩子敢和我玩，即使他们本身并不讨厌我，但也不愿意沦为"财大气粗"的小黑的敌人，最终落得孤苦伶仃的下场。

中学时，假期里我从来不出门，就在屋里正襟危坐，有时候是思考如何报复这些坏心眼的小孩，有时候是捣鼓一些别的小孩都不玩的东西。比如画画，我自己画《易筋经》。

从奶奶那里偷来针线，一针一线把牛皮纸缝起来，再自制一个封面，达到以假乱真的效果，其实内页里不过是一些只有自己才看得懂的小画儿。画好以后，藏在怀里，以哄骗各种大人为乐，他们都以为我怀里藏了多么了不起的稀世珍宝，发现被糊弄了之后，免不了又是一顿打。

干坏事的小心思蠢蠢欲动，但还停留在悄悄进行的阶段。春天来了，农民刚辛辛苦苦插好的嫩绿的秧苗，被我半夜三更连根拔起，甩在田埂上。半夜也会有人巡视，怕别人偷秧苗，见我穿着红色雨衣带着假发走路轻飘飘的，都以为我是鬼，屁滚尿流地爬回去了。

甩完秧苗以后在田间抓癞蛤蟆，用蛇皮袋装起来，一只一只洒在各家院子里。等做完这一切，天基本就快亮了。我再把事先藏在秘密基地的死老鼠拿出来，挨个挂在每家每户的大门口，红色的细细的绳子格外醒目，几乎每个清晨睁开双眼打开自家大门的人，都会被吓得不轻。

至今农村还流行着很多关于闹鬼的传说。我想，也许其中一个，就恰巧和我有关吧。

十四岁那年我的人生被彻底改写，我也真正开始走上失眠的征途。我那个爱财如命又偏心的奶奶赞助我二叔在城里买了一座小楼，所以他们家那座旧瓦房理所当然就卖给了我爸妈。

那一年我爸妈去了城里打工，手头攒了点积蓄，在村里开始有了一点话语权。所有欺负我的人都不见了，去食堂打饭的时候甚至有人邀请我和他们一起吃饭，我的世界观大概就是在那一秒钟开始崩塌的：原来人生真的可以被改变，只需要一些世俗的、恶俗的客观条件，就可以孵化出恶劣的、虚伪的人性。

5
于是我彻底改头换面，想要展开更大的报复。我不再认真听课了，每天寻思着怎么写出花言巧语的情书，用我恨的女孩子的名义投递出去。通常我会把情书放在全班嘴巴最大的男孩抽屉里，他会在课后当众朗读，青春里羞涩的女孩们被我惹得哇哇大哭。我内心过瘾极了。

中学时候我还是会被人欺负，因为大家都拉帮结派，其中免不了有一帮特别狗腿的小孩儿，为了不挨打在所谓"大哥"面前点头哈腰，为他们端茶倒水，帮他们一起欺负女生。我宁死不屈，所以总有人来挑我事儿。
我又过上了每天都害怕放学和下课的日子，在这期间我拥有了我人生中第一个同桌。他牛高马大的，看起来就很威猛，脸上仿佛写着"生人勿近"。不知怎的，他开始保护我。在那个大家都流行拜大哥认小弟的年代里，我跟在他屁股后头，相当有安全感。好景不长，很快我的大哥也转学了，从前龟缩在我嚣张气焰下的同学一个个找上门来，挨打再次成为家常便饭。

熬到初三那一年，我似乎有些熬不下去了。我妈妈总劝我要继续上学，继续接受教育，这样才能翻身把歌唱。但我感觉学校就像一个巨大的屠宰场，每天都有各式各样的人前来精挑细选，为了过一把观看杀猪的瘾，再把肉带回去当作美味佳肴。至于我,就是那只每次都被拎上砧板屠宰的小乳猪。难道是其他小猪都比我机灵?我不得而知。

我拒绝我妈的理由很简单:我念不下去,全校都是黑社会。与其这样,我还不如去看一看真正的社会是什么样子,是不是也对我这么充满恶意。

辍学的时候,美好的世纪之交 2000 年即将到来,大家一夜之间变得很快乐。在我眼里,这种快乐就像当年美国经济的"虚假繁荣"现象那般,总有一天人们要为这短暂的快乐付出更沉重的代价。

我的精神日益接近崩溃的边缘,我开始把家里藏在墙缝里的钱拿出来买酒喝,就着大葱,一口一口,喝一口吐一口,再喝一口。

喝完酒又开始想干坏事,拎着酒瓶子进网吧,环顾四周,只有熬夜打游戏的男孩子和陪男孩子熬夜打游戏的姑娘。我蹬着偷穿我爸的大出很多个码子的黑皮鞋跟跟跄跄地窜上前去,揪住电脑桌前男孩子的衣领,把他们拎到旁边,再轻佻地抬起女孩子的下巴,"你愿意做我女朋友吗?"不等女孩子开口,我低头就是一顿狂亲,不消一会,女孩子的嘴唇又红又肿。

男孩子们气急败坏地出门找帮手了,留下女孩子坐在网吧的椅子上号啕大哭。

中学肄业后我唯一想做的事情就是出家。那会儿夜市上很多卖地图的,为了买酒我一毛钱也没了,拿起摆地摊老大爷的地图就跑,年轻力壮远远甩开他好几条街。地图上一个一个图标仔细寻找,我发现,就数北京的寺庙最多。

我开始计划我的第一次出逃，以失败告终。
第二次出逃，仍旧以失败告终。

北京对我而言如梦似幻，像极了海市蜃楼。夜里我无数次在院子里唱起我小时候听过的一首童谣："大雨哗哗下，北京来电话，叫我去当兵，我还没长大。我爱北京天安门，天安门上太阳升。"

被父母抓回去的我被送去学电脑，动画制作没学到，倒是打了几个月的五笔。意识日益涣散，在一个清晨，我身无分文坐上火车，但我还是记得给我爸打电话的，那会儿我说了一句在现在大家看来可能很傻很犯二的话："爸，我熬不下去了，你让我出去看看吧，我不相信这个世界就是这个样子的。我答应你，我一定不会去死。"

我独自去了北京，举目无亲，还有点四面楚歌的味道。

6

去北京第一件事是决定要去学表演，当时念的大学是一个只要肯花钱就能进去的地方。全校学生都无比有钱，因为住宿费一年就是一万多块。我是其中唯一的异类，上学时每天神叨叨的。

我的室友们很有钱，大家不过是来大学象征性走个过场，所以他们习惯夜里玩儿，早上睡觉。我央求他们，他们不听，我气坏了，凌晨四五点我把被子放在宿舍中间，用火点着，围着火堆开始跳舞，嘴里开始念咒语，我的室友被呛到不行了，在被子里闷着头不敢说话。

那会儿我总觉得会有人欺负我，还总觉得自己杀人不犯法，我揣着剪子到处走来走去。但在北京，大家都很文明，没人要打我。

火烧宿舍的后果是第二天我就换宿舍了。我继续我的异类风格，一个人住八人间，其他七张床放着我捡来的空瓶子。我捡瓶子，将瓶子围着脖子绕一圈，每天背着他们去排练。全校就我一个人去排练，连老师上课都没积极性了，每当有老师想偷懒，我就开始举报她。

学校表演系每个月有各式各样的汇报演出，每次上台我的自我介绍都一成不变："我叫悟空，我不需要朋友，我来了，我交学费了，我就不会请任何一个老师吃饭。"后来老师再也不敢让我上节目了，就怕我乱说话。

毕业后开始跟第一个剧组的时候，我就决定，我要死在北京，这片全中国资源最广阔的土地上。我绝对不会回到东北，如果有一天我回去了，一定是背着炸药包回去的。

北京变得越来越时髦，把一个个固步自封的正统人士甩在身后。我开始在北京拍戏，北京拍完去上海拍，去南京拍，又回到北京拍。那时候收工了没有任何娱乐活动，我用仅有的积蓄买了一个播放器，每天下戏后一个人躲在屋子里看电影。我背着那个播放器走了很多地方，每每收工我都会看部电影再睡觉。

回北京以后，我找了一间地下室。空间很小，一进门就是床铺，春天床沿边长满绿色的青苔，下完戏回来，我一个人把被单铺在床中间打火锅吃，那时候一天三顿有两顿是火锅。
再后来，我去了东北拍戏。
去了东北以后，我才觉得，学表演是我这一生中做过最重要最正确的决定，因为它让我遇到了紫霞。

那一年我回东北拍摄《孔子春秋》，在剧组当"群头"，组织群众演员们拍戏、领盒饭、住宿等。每天必做的事就是雄赳赳气昂昂领着那帮群众演员在人群中窜来窜去，给各路导演和明星大腕下马威："不要欺负我的人。"

那会儿紫霞眼里的我大概是一个神经病吧，因为每天除了演戏，我做的最多的事情就是打架和发脾气。剧组里的人都看不起群众演员和跟组演员，谁都能欺负他们。我看不惯，没少出头，也没少被当作出头鸟来打。
紫霞是别人带到剧组里来的，她也是东北人，但完全没有东北人的特质。身材姣好，长相微微有些像孙俪，只需要见一次，便会牢牢篆刻在心上。

那是一个古装戏，我穿着士兵的衣服在城墙上走来走去，偶尔偷个懒偷偷瞄一眼下面，就能看到她站在城墙底下发呆，不爱说话，但很爱笑。
紫霞原名不叫做紫霞，因为我叫悟空，所以我在心里暗暗给她取名叫紫霞。每每看到紫霞，我都能感知到这个世界上最美好的轮廓。但我不敢表白，更不敢追求她。

我想对她好,于是给她买零食,为了不表现出来,我捎带给全剧组一起买零食。大家都知道我没有钱,不想让我买,但我还是将一大堆一大堆的零食往她们宿舍送。

为了博得她的青睐我也时常做一些蠢事,我时常想着如果剧组可以出点什么幺蛾子就好了,这样子我就能第一个跳出来保护紫霞,像至尊宝那样,成为紫霞的盖世英雄。

幺蛾子没出现,但我和紫霞一天比一天熟悉起来。东北的冬天极寒,饰演宫女们的女群演都被冻得皮开肉绽。我们七尺男儿都扛不住这种冻,经常冷得在原地直哆嗦。

一天晚上紫霞给我送暖宝宝,我不知道那是什么东西,更不会用。紫霞好像看穿了一切,她细心地拆开包装袋,认真地围着我的脚后跟贴了一圈。暖宝宝很快发热,随着暖宝宝一起发热的,当然还有我的眼眶。

如果说之前对紫霞的喜欢是无意识但有所控制的,到后来也很快演变成不可控以及一发不可收拾。我们一起度过了一个平安夜和一个圣诞节。

那天我刚和导演吵完架,凌晨有人敲我房门,紫霞拿着一颗苹果出现在我门口,她兴冲冲地说:"如果在平安夜的零点那一刻就收到苹果的话,你一定会开心一整天的。"她没想到的是,往后的日子里,我开心了整整十年。

我和紫霞做过最浪漫的事大概就是我们一起从一个剧组逃窜到了另外一个剧组，同一时间，彼此作伴，我总暗自窃喜那就像一场有预谋的私奔。我是主谋，紫霞是我的共犯。

每次想到这，即使在梦里，我也会笑出声来。

除了拍戏我还兼职当演员助理，那个演员很爱喝可乐，每天我的工作就是背一书包的可乐跟在他身后，再负责把所有的"再来一瓶"兑换回来。我始终觉得那个演员实在太小气了，那么多可乐竟一瓶也不肯分给我。日子不太顺遂，但买可乐的钱终归还是有的。谁还没点清高呢。

后来，为了报复那名演员，在一次他让我去兑奖的机会下，我携他的一背包可乐逃跑了。逃跑的时候被紫霞抓个现行。"这么多可乐你不分我一瓶？"紫霞笑我，我带着她一起开溜。第二天剧组副导演给我打电话，问我怎么没去片场，我牛气地说我不干了！就这样，工资也没要。我们去了另外一个剧组。

7
村上春树有一本书叫《挪威的森林》，我很喜欢。一打开书的扉页，上面写道："献给许许多多的祭日。"翻到最后一页，上面写着："生并非死的对立面，死潜伏在我们的生之中。"另外，他还在书里头说："每个人都有一片森林，迷失的人迷失了，相逢的人会再相逢。"

和紫霞共同度过的每一天都让我感觉到时间弥足珍贵，我生怕上帝有一天会剥夺走我这一丁点靠近幸福的权利，我甚至会去求神拜佛，乞求上苍保佑紫霞能够永远留在我的身边，无论以任何一种身份。

所以，在每次与紫霞分别的时候，我会下意识觉得这是我们最后一次见面。也许哪一天，我就突然死了。每句话我都当作诀别时的临终遗言来说。久而久之，紫霞很怕我，我尝试表白，紫霞吓得躲得更远。

戏结束了，回北京后，我们几乎断了联系。

我唯一坐过的一条地铁线就是八通线。十点半的地铁里，每个人都有属于自己的位置。我坐在地铁上读信，那些信是我们分别后我写给紫霞的。有时候站着读，有时候坐着读，有时候倚靠着竖栏读。

我总在想，如果紫霞和我恋爱，她一定会是全世界最幸福的女人。她不用做家务，不用带孩子，我会每天给她讲笑话，为她读诗，和她一起捉迷藏。

我不用再喝酒吃药就可以睡觉，我会把家里所有的看起来危险的东西都丢掉，我会学着穿衬衫带领结，不再随便跟人家吵架。

在无边无际的想象里，我的情绪跌到谷底。写给紫霞的信有好几万字，我快速地念，如同给她施咒。几万字几万字累积下来，我仿佛读完了一本又一本长篇小说。

改行以后很少有机会坐地铁，我把信件一张张叠起来，塞在信封里，压在床单底下。这样的话，一翻身，它们就紧贴着我的胸口。

距离千禧年过去很久了，这是我在异地过的第九个新年。头几年是赵本山的《卖拐》就泡面，后几年是去网吧包夜看小学生们打游戏。今年是独自在家看电影。

七年地下室生活以后，我搬到通州来住，说来也怪，我这样一个不拘小节的人，竟然有些恋物癖。生病时吃过的药，留下的药罐子、糖果盒、鞋盒，还有一大堆书和碟片，统统被我整齐划一地码在行李箱里带到通州。

通州的小区还算体面，两室一厅，厨具齐全，虽然没有什么烟火气，但日子还算舒坦。刚搬来那两年我经常去附近的夜市上摆地摊，什么都卖——玩具、手链、盗版书、珠串、安全套……现在家里还搁置着没卖完的"遗留产物"。

手机欠费了，懒得交，反正不会有人找我，里头莫名其妙多了五十元话费。好久不见的朋友打电话进来，说紫霞要我的电话，我自嘲几声，只当他在开玩笑。没过多久，新的好友验证消息进来，头像上的紫霞已经从短发变到了长发，不过笑起来眼睛还是亮晶晶的。

紫霞回北京了，也改行了。这是她第一次约我吃饭，光是关于穿什么衣服比较得体这个问题我就思考了两个小时。战战兢兢赴约，吃饭的整个过程我的话都很少。

饭后我们一起去散步,紫霞走路很慢,也不知道是装的还是真的。像我这样一个走路带风,一言不合就大步流星想随着街边商场里的音乐起舞的人,小心翼翼起来着实别扭。但饭后一边慢慢散步一边攀谈的状态看起来既小资又有情调。于是我只好改为踏着小碎步,如同一只夹着尾巴的六耳猕猴。

紫霞是我见过最好看最善良的姑娘,没有人会把负面能量传递给她。和紫霞在一起的那个我温和谦逊,话不多,一点也不像我。

但我还是觉得一切很好,紫霞终于不再活在我胸口十厘米左右的位置了,终于不再是身体上用针缝进去的一个冷冰冰的名字了。

送紫霞回家,看着她进楼道的背影,我想起很多年前剧组里我唯一的朋友的那句话:"其实紫霞她……"话还没说完我就跟他绝交了。因为我不想知道。

其实我很想知道,但我也知道,紫霞之于我这样的人,就像北京之于路边盖楼的农民,这座城市再光鲜,再繁华,再超群,对我们来说都是海市蜃楼,都不会真正进入到我们的生活里。

8

如今的北京胡同味儿远没有前几年浓厚,一些老店也拆了换成写字楼,每个人为了觅食在这座钢筋水泥构筑的森林里蝇营狗苟。

我妈妈从东北来到北京照顾我的生活，开始写剧本以后我整个人反而变得更为柔和和宽容。下班后我会和同事们打扑克，会邀请他们来家里一起吃火锅。他们都觉得我是一个平易近人的人。

我妈偶尔暗示我："每次我回家大家都问我你是不是有什么问题，为什么三十好几了还不处女朋友？"

"儿子啊，你是不是身体有问题？"每当我妈用殷切的、担忧的目光望向我，并且对我发出疑问的时候，我竟然有些内疚。要知道我从前是一个多么我行我素、六亲不认，几乎不顾别人死活的人。

为了让她开心我也去相亲，对方要比我小十多岁，很爱撒娇，很爱吃，不爱看电影，也不懂艺术，但我觉得莫名轻松。

年纪越大，越是没有从前那般尖锐，也越是觉得要和一个人神交太疲惫。但具体内心放不下的那个衡量标准是什么，又说不上来。只是觉得应该再等一等，也许就能等来一个在爱情里给我圆满的人。

相完亲走在路上，想起这些年我身边的人来来去去，却没有一个人为了我驻足停留。看到挽着手的情侣我也会开始无止尽的幻想：挽手相伴的路人里，有一个会是我和紫霞。

在我妈的监督下我每天按部就班地问候那个小姑娘，陪她唠嗑。我们也许会恋爱，也许会结婚，我也许会躺在床上听着音乐等她下班，或者是为她下厨，哪怕为她唱一首歌。

她会知道我有一只叫紫霞的猫，但她不会知道我为什么给她起这个名字。

她会知道我是一个好人，但不一定觉得我是爱情里的好人。因为我不会给她讲笑话，为她读诗，陪她捉迷藏。生活给了我一段遗憾的往事，倒是没有吝啬一点诚实。

我本是无畏天地的行者，却被驯服成世故情长的悟空。

我们总以为被生下来，开始征程，便能找到目的地。其实不是，我们终其一生都在规划出发，而后寻找，最后历经劫难才想起回归。远行与回归，回归的路要显得更漫长。

我们这一生会做太多事，不过归根结底，都是为了忙着生，忙着死。

母亲

曾经有个人问我:"我爸爸习惯性出轨以及习惯性赌博,把家都败光了,我该不该对他好?我如果对他好,算不算背叛我妈?我如果不对他好,我又不忍心。"

这是道送分题。况且,比起道德意识清晰的"渣男"老爸而言,我觉得在一个家庭里,父亲这个角色,"无知"更具杀伤力。

1.

我妈死了,享年 43 岁。

葬礼一切从简,即便如此,为数不多的亲戚还是知道她已经离开了人世。而我爸,是我们家最后一个知道的。

那天夜里是除夕,暴风雪侵袭了整个小镇,我妈被活活冻死在路边。被食道癌纠缠了半年之久的她,体重直接从 120 多斤掉到 80 多斤。那天夜里的年夜饭有道菜很咸,我 80 多岁的爷爷拎着拐杖挥我妈,我妈受不了这般疼痛,跑出了家门。

第三天才有镇上的人跑来报信，说我妈被冻死在桥洞底下，没了呼吸。等我爸从城里的工地赶回来，我妈已经这样衣衫不整地下葬了。

那个冬天特别难熬，我们家唯一受过教育并且支持我上大学的人离开了人世，我的生活变得毫无指望。

春天来临的时候，我开始热衷于拔田地里新生的秧苗。谁家刚抛秧，或者在田地里一根一根齐整地码好秧苗，我当晚就把它们一根根连根拔起，甩到堤岸上。水蛭在暗夜里爬上我的小腿，它们叮咬、啃噬、吸食，我不以为意。

昼伏夜出，渐渐的，我越来越嚣张，白天也开始去拔秧苗，跟在那些农民老伯身后，他们前脚插我后脚拔。虽然我是女孩子，但也免不了挨几顿打。

总之，在拔秧苗这件事上，我得到了莫名的快感。镇里的秧苗被我拔光以后，我开始扯菜，菜扯完了我接着拔漫山遍野的草。草拔光后，我带着我血肉模糊的双手离开了那个小镇。

我必须迅速逃离这个被"无知"笼罩的黑色村庄。我想"无知"是这个世界上最骇人的东西，是一切罪恶的始作俑者。一个人心肠坏还可以教育，但如果他"无知"，即便是作恶，他也无需为自己的罪名开脱。

这种情况时常发生。

每当我爷爷在气头上的时候，我妈就会躲到离家不到一公里的桥洞里凑合一晚，等爷爷消气了再回来。

在我还小的时候，她会抱着我一起跑出去，母女两人瑟缩在桥洞的角落，相拥而眠，她的眼泪多半会打湿我的发梢。等我偏大一些，她就把我关在房间里，把两个出生不久的妹妹抱出去。

在我15岁以前，我是憎恨我妈的这种软弱的。因为她没有错，她完全可以反抗。我的奶奶去世得早，我妈有了孩子以后我爸开始进城务工，一年回来一次，有时甚至不回来。

我家里的日子并不太平。我的爷爷是一个传统的、典型的、重男轻女的老人，所以分娩以后我妈在家中并不受待见。家庭的经济重担落在了我爸身上，我妈理应留在家里照顾老人。在那个相对封闭的小镇，一个女人连生三个女儿，相当于她的最后一点剩余价值也没有了。在文化开明的21世纪，说出来你可能不会相信，但在一个以70年代人群为主力的家庭里，这的确是一个不争的事实，所以我妈的日子可以说是一天比一天难熬。

自打我记事起，我的爷爷就经常对我妈拳脚相加，一天天变本加厉。后来拐杖就成了最直接的武器，我妈似乎一直是一个沉默的角色。就连我，有时气急了也会咒骂她软弱无能。

直到有一天，我在家里找东西，在我妈房间里看到一个黑色小木盒，我对我妈的认识开始有了一些改观。她在娘家是最小的孩子，在她之前，我外公已经有两个孩子了，一个男孩，一个女孩，他很知足，所以对我妈妈似乎没有太上心。我妈和我爸谈恋爱那会儿正赶上考大学，两人自由恋爱，我妈觉得我爸心眼实，人不坏，在一起能踏踏实实过一辈子。我外公也觉得儿孙自有儿孙福，既然女儿想成家了，那就可以不上学了。

两人结婚时，我爸家里的条件差劲得不行，他也没受过什么教育，只知道认死理。有了孩子以后，生活的重心也就变了，他得扛起经济重担。

盒子里有很多我妈年轻时画的国画和写的毛笔字，从笔迹和手法依稀可以看出，我妈年轻的时候具有大家闺秀的风范，没准儿还是个小文青。里头有一个线装的手抄本，上面写满了各种不知名的小诗，想必是她年轻的时候自己写的，字很漂亮。

我妈见我看到，就跟我絮叨几句，把这些东西留给了我。她说如果当初不结婚，她可能也会好好上学，再找个水平相当的人嫁了，在城里生活。听语气，有些遗憾和惋惜，可如今这种麻木和落后的生活捆绑住了她，她开始相信这是命运的安排。

很难想象，曾经的文学青年，最终给自己悲剧的生活戴上一顶叫做"命运"的帽子。

嫁人以后，我妈很少和娘家联系，偶尔我外公会给她送一些钱。我和外公打照面的次数虽不多，但不难看出他是一个受过一些教育的略显古板的知识分子，一个看待事物只截取表面的慈眉善目的老人，与人和气，甚至有些怯懦。

外公送来的钱被我妈偷偷攒下来给我们三姐妹交学费。我爷爷一开始并不打算让我们上学，他觉得女娃儿就应该老实本分地把家务活儿干了，早早把人嫁了。还好我妈坚持，每年为了交学费的事，她也免不了挨打。

我妈的那些东西，被我拿来偷偷看，有时候我也会工整地抄写那些真挚的句子，再拿给她看。她看了很欢喜，露出在家里为数不多的笑容，仿佛回到青春时代。

我一直以为她会亲眼看着我上大学，再亲眼看着我把两个妹妹培养起来，完成她这辈子都未了的心愿；我也以为，我还有机会凭借自己的力量，让她有尊严地生活在这个世界上。没成想，这一切都来不及。

赵雷的《妈妈》这首歌，是我后来去重庆工作，在一个卖重庆小面的小店铺里听到的。我询问老板这首歌是谁唱的，老板不好意思地摸摸后脑勺，说酷狗随机播放，他得看看才知道。

得知歌手的名字以后，我回来下载下来反复地听，还去搜索其背后的故事，终于看到了赵雷和他妈妈的故事。他说他妈妈心脏不好还有支气管炎，文艺周刊对他进行采访，在报道上说他妈妈去世以后他变成了一个什么都很无所谓的人，除了为人生积攒唱片。

其实，雷子是幸福的，至少他"还相信在这个世界上自己还有个永不分离的家"。与他相比较，我除了苟且存活，想不到别的法子。

我的口中再也喊不出一声"妈妈"，我对我爸和爷爷的情感一时之间也变得很复杂。他们的"无知"是直接导致我妈死亡的祸端。每年过年打电话回去，除了问候妹妹，我时常不知道以一种怎样的态度去面对他们。那些曾经缺失的家庭温暖，伴随着母亲的离去，再也找不回来。

我知道一家人本不说两家话，知道父女本无隔夜仇，知道仁义礼智孝；但你知道吗，无知也是一种罪恶。

我这样的人，注定再难上岸。这个世界上，也再不会有一辆能带我远离悲伤的车。

我来听他的演唱会

我的初恋发生在 17 岁,那时我和他一起逃课逛游乐场,在旋转木马上嬉闹接吻,再乘末班公交车回家。

我想每个女孩儿的青春里可能都有一个无法磨灭的名字,他们陪伴我们从青涩稚嫩的小女生蜕变成温婉动人的女人。陶然就是我青春里的那个名字。

我们相恋了整整三年。我曾经收到他送我的磁带,那是他用吃了半个月白面馒头才攒下的钱买的。袁惟仁在复读机里温柔浅唱:"不管我能够陪你有多长,至少能让你幻想与我飞翔。"

歌词似乎总有种神奇的预言功能,于是最终我们一直幻想和彼此飞翔。

他出国了。父母各自组建了新的家庭,把他遣送到美国。我躲在机场的玻璃窗后看到他面无表情地在大厅里和父母拥抱告别,那个暖心体贴的少年仿佛不存在了。

这场告别宛如青春里的一场急刹车，我们的命运也仿佛在此刻分道扬镳。

2004年，我用大学里攒的第一笔钱去听了一次演唱会，孤身一人。"音乐停下来，你将离场，我也只能这样"，旁人的欢欣雀跃仿佛与我无关，回到宿舍后拉上床帘，打开电脑给他写邮件留言。
那晚我彻夜未眠，单曲循环《旋木》，到天亮也没收到他半个字的回复。

袁惟仁总说爱情是"旋转的木马，让你忘了伤"，我想本该如此。因为你爱的那个人应当是你的骄傲，而不是伤口啊。

大学生活太过充实，充实到我都快忘记记忆深处那个干净的少年了。

后来有一天，我突然收到他的回复。邮件里说他有了一个美丽富有的西班牙女友，他说谈恋爱不过是生活里的消遣。似乎家庭对一个人的影响太过深远，我爱的那个少年也已经变了模样。磁带和唱片的时代几乎宣告终结，我的爱情也随风消散。

很快我有了新男朋友。

他是我在图书馆遇到的学长，充满书卷气的男子总让人有种莫名想接近的欲望。他坐在靠窗的角落读廖一梅，他的声音温和却有力，耳机里传来窦唯的声音，好像是《高级动物》，我听到窦唯在反复吟唱："幸福在哪里？"

"能说"对于窦唯来说是一种罪,对于我的爱情也是。

学长对于文学和电影津津乐道,我们一起踏青,一起看电影,一起烛光晚餐,然后在小旅馆里陌生的床上亲热,极尽甜蜜之能事。

大抵文艺青年的爱情都是具有时效性的吧,所以他就连出轨也出得如此理所当然。末了,他用电影里的台词教育我:什么是道德?两个人在一起就是道德。这句话为一切感情中的背叛做好了铺垫,学长丢下这句话,就一头栽进另一个温柔乡。

我又开始怀念我的少年陶然。我腆着脸继续给他发 Email,向他诉说"青梅枯萎,竹马老去,我爱上的人都像你"这般浓稠的思念。他大概觉得我神经病吧,所以没有搭理我。

转眼我 25 岁了,去看演唱会的时候身边依旧空无一人。

招人爱又讨人厌的袁惟仁又有了新曲子,应景到什么地步呢,听得我差点儿化骨扬灰。

那英在《征服》里声嘶力竭:"外表健康的你心里伤痕无数,顽强的我是这场战役的俘虏。"

曲终人散,陪伴我的依旧只有袁惟仁。

时间拿走了一些本真的东西，也相应给予了一些补偿。

我工作了，瘦了很多，也开始穿高跟鞋了，那个爱扎丸子头和马尾辫的我早已消失不见。现在，我是一个成熟的 HR。每天花一些时间把自己拾掇干净，周末的时候穿着睡衣窝在沙发上，红酒和电影成了标配。
偶尔回忆起年轻的时候，也会暗自笑自己痴傻。究竟是因为年轻才会这么用力地爱一个人，还是因为如此深爱着一个人，才体会到年轻的力量？还没得出答案，似乎就已经老了。

总之我再没迷恋过虚有其表的爱情。

遇到的新的伴侣可以说是因为工作，对方斯文气派、仪表堂堂，互有好感似乎是因为气场相当，对方和我都保持着成年人该有的谨慎和理性，在案子结束前几乎没有过任何私人的交流。
案子结束后我们开始频频发短信、打电话。他是个很有品味的人。他定期运动，有除工作之外的三五个好友，会约我看电影、欣赏话剧，也会把我带进他的生活。

总之一切十分契合，但又好像哪里有点儿不对劲。可我无暇顾及。33 岁的女人已经没那么多对爱情的幻想了，期待还会有，但需要用心经营和维持。

听说廖一梅给孟京辉写的新剧本《像鸡毛一样飞》好评不断，窦唯继续专注地做音乐，郝蕾早已拥有幸福美满的家庭，袁惟仁从幕后到台前，要开新的演唱会。

我的婚礼如期而至。

33岁,婚礼前夕,看演唱会的时候我身边终于多了一个人。他之前并不了解袁惟仁,耐心听完我诉说完,第二天就买了两张票递给我。

我想生活中大多数时候就是需要这样恰如其分的了解吧。

从演唱会回来,不知怎的,我打开了那个很多年没打开过的邮箱。最近的一封邮件来自陶然,一周前:
"如果梦醒时还在一起,请容许我们相依为命。"

这封邮件到底来得太迟,迟到我已融入别人的感情里,决定平淡地走完这一生。

我回头看看客厅里在专心整理请帖的未婚夫,继而收拾好自己的情绪,把请帖的电子版添加进附件,"咔嗒"一声后,合上了电脑。

廖一梅曾说过:"在人的一生中,遇到爱、遇到性都不稀罕,稀罕的是遇到了解。"

绚烂只在一时,平淡地走完一世,大概是我这样的人最好的归宿。

后 记

不疾不徐，总有人来与你相依为命

在我的 ID 还叫作"杂耍小说家"的时候，我就时常收到类似的私信，内容大致如下："杂耍，你出书了吗？你会出书吗？如果你出书，我一定会买的。"这样的鼓励听得多了，的确大大打消了我对于写书这件事的恐惧。

我十五六岁开始做"作家梦"，那会儿还不是一个"全民作家"的新媒体时代，不能靠着留言和弹幕在网络上驰骋风云。如果希望别人看到自己构筑的文学世界，需要十分卖力，甚至还得有那么点天赋和运气。上大学时，作品入选全国文学作品大赛，可以让我兴奋得一整个星期睡不好觉。

所以，直至现在，于我而言，把文字变成铅字，都是一件神圣的事情。很长一段时间我活在"没有金刚钻却要揽瓷器活儿"的焦虑和畏惧里。后来转念一想，像我这样三分钟热度的唯物主义者，对任何事几乎都没有执念和长性。但"表达"这件事，我坚持得最久。我想我对它应该是有一股执念在的，或许可以坚持一下试试看。

于是就顺理成章走到了现在。写这篇后记的时候，我顺带整理了一下自己的电脑素材，发现第一篇正式的短篇小说发表于 2012 年 8 月 26 日。也就是说，五个年头已经过去了。我想我很难再放弃它了。

认识我久一些的人应该都知道，我做了大量的音乐与影视类的评述文章，做了大量的音乐人采访，在《民谣在路上》开了一个更新频率一周两次的专栏，我陪伴大家的 slogan 是"愿你身边每天都有可以陪你吃饭的人"。

与音乐结缘得益于我那被工作耽误了 singer 梦的文青父亲，他在我高三那年给我放左小祖咒的《爱情的枪》和《我不能悲伤地坐在你身旁》，或是《500 Miles》，枪花乐队之类的。

更早一些的时候，他曾因为哥哥张国荣的去世情绪化地辞职。在我印象里，他待业在家那半年，几乎每天都在看哥哥的演唱会视频。每次我路过客厅去洗手间，都发现他把窗帘拉得严严实实，整个人陷在柔软的沙发里。

成年后我爱上了一个做音乐的男人，从此与音乐羁绊更深。我们每天找大量的音乐来听，一起写歌弹琴，度过了很长一段时光，然后分道扬镳。

在我将 ID "杂耍小说家"改为"昔央"的这段时间里，我从一个"外向的人"成长为一个"内向的人"，这种转变在这本书里体现得非常明显。

在别人还称呼我为"杂耍"时，我信奉"小说家的唯一道德，就是吞下这个世界的噩梦"，活得十分用力。就像朴树在歌里唱的那样，"想做个英雄，要吃好大一片天空"。

越长大越内敛，对很多事已经不再显得那么"急不可耐"了。从前人际交往，趋于少年心气的"表演型人格"，一场聚会下来，全程风趣幽默，想要竭尽全力表现自己以期望被别人记住。后来反而对人与人之间内在关系的微妙变化十分敏感，将观察到的一切了然于心却不再着急表达。

并不是碰到了天花板，而是学会了不疾不徐。这是时间给我最好的开示。

因为写剧本的缘故，你们看到的这些文字是我利用碎片化的时间写出来的，它们诞生于地铁上、动车上、出租车上、浴室内甚至洗手间的马桶上。它们跟着我从长沙跑到厦门、苏州、上海、山东，甚至是现在的北京。

全书定稿期间，我待在《演员的诞生》编剧团队，南北两地奔波，里面也有一些城市的痕迹。那是我，也是你们的生活。

"昔央"的意思是说，"昨天已经过去，一切重新开始"，希望看过这些故事的你们，可以和我一样，继续一身轻松地上路。长路漫漫，总有人来与你相依为命。

听说要了解一个作者的最佳途径是去读他的书，很高兴以这样的方式和你们相遇。

谢谢你们，我还年轻，会写得更好。